Kamaszkori történetek, őszinte beszélgetések

Elisa Irons
2014
Publio kiadó

Előszó

Három éve keresem azokat a fiatalokat, akik
őszintén elmerik mondani, hogy tizenéves korukban,
hogyan gondolkodtak, mit éltek át, mit éreztek, s ezért
hogyan cselekedtek egy-egy nehéz helyzetben.
Miben látják a problémák kialakulását, amelyeket
mindenképpen el kellene kerülni, vagy nagy oda
figyeléssel meg kellene oldani.
Mit tanácsolnak a szülőknek, és azoknak a
fiataloknak, akik a tinédzserkor küszöbén állnak. Mire
figyeljenek, és hogyan reagáljanak a kialakult
helyzetekben. Azok a fiatalok, akik már nem
gyerekek, de még nem felnőttek keresik a helyes utat,
több- kevesebb sikerrel. Éppen ezért sokszor kerülnek
konfliktus helyzetbe. Azok, akik meg akarják mutatni
a környezetüknek, hogy ők mindet tudnak, nekik már
senki ne parancsoljon, s ezt sokszor nagyon durván
közlik, nem törődnek azzal hogy mennyire
megbántják ezzel szüleiket, szeretteiket. Szükséges
tudatni, hogy mennyire helytelen az, amit tesznek, és
ha tetszik, ha nem tetszik, akkor is el kell fogadniuk,
hogy még nincs elég élettapasztalatuk, tudásuk, tehát
szükséges megbeszélni a dolgokat egy felnőttel.
Azok, akik magukba zárják a problémájukat és
bizonyos helyzetből, nem látják a kivezető utat,
mégsem kérnek segítséget, ez nem egy esetben
tragédiát is okozhat. Észre kel, hogy vegyük az erre
utaló jelekből, hogy segítő kezet nyújtsunk felé, és
átsegítsük a nehézségeken. Azoknak a szülőknek,
akik nem veszik észre, hogy csemetéjük már
hamarosan felnő és már nem kezelhető úgy, mint egy
óvodás, szintén fel kel hívjuk a figyelmüket arra.,

hogy tudják, mit szeretne a gyerekük, és hogyan érjék el azt, hogy ne legyen a családban állandó perpatvar, ami megkeseríti mind annyijuk életét és sok rossz döntést, eredményezhet mindkét részről. Nem volt könnyű dolgom, hogy megnyíljanak előttem, s az érzéseikről beszéljenek a fiatalok.

Meg kellett győznöm őket, hogy saját problémájuk elmondásával segítenek sok fiatalnak és szülőnek. A felnőtt más szemüvegen át, nézi a világot, mint egy kamasz. Kértem, segítsenek megláttatni a tinédzser szemével a gondokat, problémákat. Azokat a belső érzéseket, amelyek lavinát indíthatnak el, ki kell mondani, hogy komolyan vegye a környezet. Intő jel legyen mindenki számára egy-egy reakció, furcsa viselkedés a gyerekétől. „Gondok vannak, oda kel figyeljek!"

Megbeszéltük a fiatalokkal, hogy amit leírok, ők átolvassák, akár módosíthatják is. A neveket, helyszíneket megváltoztatom.

Soha nem kerülhet nyilvánosságra a személyi azonosságuk.

Így a következő beszélgetésekből az általam fontosnak tartott gondolatok szinte szó szerint vannak leírva. Ha valaki egy ismerősére ismer, az a véletlen műve, mert nem szeretnék senkit megbántani, vagy kellemetlen helyzetbe hozni.

Kérem, olvassák ezt a könyvet úgy, hogy a szándékom, gondolatébresztés a történeteken keresztül. Ami elindíthat egy olyan áttekintést a saját cselekedetek helyességét illetően, a szülőkben, mint: Vajon én, kellőképpen odafigyelek a gyerekemre? Beszélgetek vele eleget? Tudok az őt foglalkoztató dolgokról? Mennyire bensőséges a mi kapcsolatunk? A gyerek részéről: Nem foglalkozom túlzottan sokat a saját problémámmal, figyelembe veszem a szüleim érzéseit is? Elég őszinte vagyok velük? A bizalmamba fogadom őket? Adok esélyt arra, hogy mások véleményét is meghallgassam? ....

Éva 18 éves

Nehezen indul a beszélgetés. Félelem tükröződik a szemében. „Biztosan nem tudja meg az anyu?" többször is elhangzik. A feszültség oldására mesélni kezdtem a saját gyerekkoromról. Mennyire más volt minden. Tabu volt a szexről beszélni. Vidéki kislányként semmiről nem tudtam semmit.

Kábítószer? Nem is hallottam róla....

Aztán ő kérdezett, mit hogyan tudtam meg? Mi volt a véleményem. Több mint egy óráig beszélgettünk, rólam. Az őszinteségem őt is megnyugtatta, és mesélni kezdett magáról.

Tetszik tudni, amikor 13 éves voltam, egyre több minden érdekelt. Rengeteget olvastam. A szüleimmel szerintem jó volt a kapcsolatom. Anyuval mindent megbeszéltünk. Ki, mit cselekedett az iskolában, mindig elmeséltem.

Sára, a barátnőm 14 éves volt, amikor lefeküdt Gergővel. Persze ezt az egész osztály tudta, mert Geri mindenkinek szétkürtölte. Elmeséltem anyának. Olyan érdekes volt hallgatni az ő véleményét, ilyenkor sok új dolgot tudtam meg tőle. Mint a szivacs, úgy szívtam magamba minden szavát.

Soha nem felejtem el, úgy kibeszéltük anyuval ezt a történetet is, hogy azon kaptuk magunkat, hogy apu mindjárt jön és nincs vacsi, én meg még egy szót sem tanultam.

Apukámnak ilyeneket nem mondtam el, mert szégyelltem erről beszélni vele.

Ő a sportban volt az én igazi társam. Elmentünk együtt futni. Közösen néztük a focimeccseket a tv-ben. Még mindig a számban érzem a pattogatott kukorica sós ízét, amit minden meccsen együtt ropogtattunk. Nem maradhatott el a sör sem, amit jól behűtve, habosan ittunk, egy óriási sörös korsóból, persze én alkohol menteset. Sőt, ha úgy alakult, élőben is megnéztünk egy-egy meccset. Imádtam ezeket az együtt, eltöltött órákat. Úgy gondoltam, hogy nekem vannak a legjobb szüleim a világon. Olyan szép volt, minden , hogy talán túl szép is. Apu sokat dolgozott. Volt, hogy késő este jött haza. Tizenötödik születésnapomra készültünk. Vasárnapra esett. Így megbeszéltük, hogy szervezünk egy, egynapos kirándulást, a hegyekbe, közben megebédelünk egy jó étteremben, amit én választok ki. Alig vártam, hogy eljöjjön a vasárnap. Milyen szuper, együtt lesz a család, és még kirándulunk is. Apu az utóbbi időben gyakran jött későn haza. Anyu ideges volt. Mikor megjött, nem túl kedvesen fogadta.

Mindig valami cinizmust éreztem a mondatai között. „Agyon dolgozod magad, annyira elfáradsz a diktálásban a titkárnődnek, hogy csak bezuhansz az ágyba…" Vége lehetne már ennek a nagy hajtásnak. Megígérted! Apa morgott valamit, és elvonult a dolgozószobájába.

Nem értettem anyut. Nem hogy örülne annak, hogy apu pénzt keres, nem pedig elveri valahol.

Volt, hogy apu alig köszönt nekem, annyira sietett elmenni, hogy anyut ne is hallja. Most mi a baj?- kérdeztem, de mindig kitérő választ kaptam.

Éreztem, hogy semmi nem a régi. Valami történt, de mi?

Gondoltam megkérdezem a szülinapomon mindkettőjüktől. Tisztázzuk a dolgot, mert én a régi családomat szeretném, úgy ahogy az régen volt.

Hogy mindent megtudjak, nem kellett sokáig várjak. Szombaton ismét későn jött haza apu. A szobámban olvastam.

Nagy hangra lettem figyelmes.

Anyu üvöltött, arra léptem ki az ajtómon. Kicsit hallgatóztam.

„Hogy lehettél ilyen szemét velünk? Ennyit jelentettem neked?

Legalább Évit nézted volna!... Azt ígérted vége!"

Amikor beléptem a nappaliba, mindenki felém fordult, de akkor már a könny csorgott a szememből.

Gyere, ülje le, mondta apu. Beszélnünk kel! Hallgass végig!

Anyád és én elválunk, de téged mindketten szeretünk, és ....

Ezt csak így közölte velem az apám, minden elővezetés nélkül. Mintha azt mondta volna, hogy holnap esni fog az eső.

Ez sok volt nekem, nem voltam képes meghallgatni. Válás?! Minden eszembe jutott, amit Sára barátnőm mesélt a szüleiről. A kiabálás, a veszekedés, a cirkusz. Azt, hogy milyen borzalmas volt, amikor az ő szülei váltak, érzékeltem. Teljesen ki volt borulva. Én vigasztaltam, és most itt vagyok, ugyan abban a hajóban én is. Nem akarom átélni. Kavarogtak bennem a dolgok.

Mi lesz a születésnapommal? A vasárnapi kirándulással? Egyszerre mindennek vége? Ez nem lehet igaz! Ezt csak álmodom. Olyan voltam, mint aki megbolondult, azt sem tudtam, mit, teszek. Azt éreztem, hogy elárultak. A válás szó, nekem a világ végét jelentette. Minden átfutott az agyamon, az eddigi szép életem.

Évi újra átélte azt az estét.

Kipirosodott az arca.

A víz után nyúlt. Egy pár korty után újra folytatta a történetet.

Úgy pulcsiban kirohantam. El akartam menni. Nem akartam hallani semmit. Tudtam, nagyon rossz dolgok következnek. Nem is emlékszem, hogy jutottam el a nagyihoz. Teljesen a gondolataimba merültem.

Rémesen megijedt, amikor zokogva álltam az ajtaja előtt.

Mindent elmondtam. Ő is megdöbbenten hallgatta a dolgokat. Annyit tudott mondani „olyan szépen éltetek"...Ez olyan, mint derült égből a villámcsapás. Szinte megsajnáltam, amikor a szomorúság és a fájdalom kiült az arcára. Sokáig beszélgettünk, mire megnyugodtunk.

Másnap nem mentem haza. Nagyi elment hozzánk, hogy elhozza az iskolai dolgaimat, és a legfontosabb ruháimat.

Alig vártam, hogy visszaérkezzen. Már megbántam, hogy úgy elrohantam és nem tudom, miért akarnak elválni. Akkor sem vettem át a telefont, amikor felhívták a nagyit, hogy nála vagyok-e. Nem voltam rá képes.

Rengeteg idő telt el, mire végre kattant a zár.

Nagyon feldúltan érkezett meg. Nem kérdeztem semmit, mert magas a vérnyomása, és nem lenne jó, ha agyvérzést kapna. Megvártam, amíg magától elmesél mindent.

Később kiderült, apu összeszűrte a levet a titkárnőjével. Több mint egy éve tartott a kapcsolatuk. Apám azt ígérte, véget vet ennek, mert anyut szereti. Ehelyett bekövetkezett a legrosszabb a nő terhes lett.

Apám ezt közölte anyával. Természetesen szülinapom előtti szombaton. Tökéletes időzítés.

Mindenki tudott a dolgokról, csak én nem. Anyu miért nem mondta el, miért hallgatott? Mire várt? Arra, hogy apám otthagyja azt a nőt?

Így mondtunk el egymásnak mindent? Micsoda nagy hazugság.

Én a bizalmamba fogadtam. Úgy látszik, ez nem volt kölcsönös. Nem értem mai napig sem. Miért így oldotta meg? Nekem nem akart rosszat?

Rengeteg a kérdés. Lehet, egyszer felteszem anyunak, de még nem érzem úgy, hogy ennek itt az ideje. Apámra rettentően haragszom. Nem beszélek vele. Tönkre tette a családunkat. Fontosabb volt az a másik, mint mi. Olyan gyűlöletet érzek iránta és a nő iránt, hogy az kimondhatatlan. Nem tudom, megszűnik-e valaha. Hívott többször telefonon, de kinyomtam.

Ő az oka mindennek.

Várt a suli előtt. Inkább kimásztam a kerítésen, csak ne találkozzak vele.

-Nem mertem közbeszólni. Annyi fájdalom, és keserűség van ebben a 18 éves lányban.

Istenem, miért kell ennek így lennie.

Ahogy hallgatom, arra gondolok, mennyire határozza meg később az életét, mindaz, amit átélt? Elkalandoztam.

-Tessék elgondolni! Pont akkor mentem. Miért nem telefonáltam. Ennek így kellett lenni. Ez a sors keze.

-Nem tetszik rám figyelni?

-Bocsáss meg, kicsit elgondolkodtam.

A nagyi kérésére kerestem meg anyut, hogy tisztázzuk a dolgokat. Ismételte meg, amiről lemaradtam. Úgy gondoltam, vele fogok élni. A délutáni edzés után egyből haza mentem. Ahogy kinyitottam a bejárati ajtót a kulcsommal, furcsa hangokat hallottam. Anyu jött ki a hálószobából az ajtónyitásra. Zilált hajjal, köntösben. Nagyon meglepődött, amikor meglátott, de én is. Nem erre számítottam. Végképp nem értettem a szitut. Ezek cirkuszolnak, válás, ecetera, most meg egymás karjaiban vigasztalódnak? Tévedtem. Nálam alig két évvel idősebb srác dugta ki a fejét a hálóból. Gondolom, meztelen lehetett. Ismerem. A közelben lakik, szoktunk köszönni egymásnak. Annyit tudott meglepetésében mondani: Szia.

Teljesen kész lettem. Minden világos. Anyám, egy majdnem a gyereke lehetne kölyökkel! Ide akarok én visszaköltözni? Ez fertő.

Köszönés nélkül rántottam be az ajtót, úgy, hogy zengett a környék. Anyám elhaló hangját hallottam. – Várj! Megmagyarázom!

-Na, nekem nem! Ebből elég! Mit tudok még meg! Nem is akarok megtudni semmit.

A nagyi megint kiakadt, amikor feldúltan hazamentem, de most már itt volt az otthonom nála. Benne még nem csalódtam, ő rendes, és nagyon jó fej. Azóta vele élek. Én, segítem őt, ő meg engem. Ez így jó.

Keresett anyám, de nem akartam vele beszélni. Akkor, amikor tisztázni akartam a dolgokat, még több számomra érthetetlen kérdés merült fel. Szerintem ő érzi, hogy időre van szükségem. Nagyin keresztül tartom a kapcsolatot mindkettőjükkel. Üzengetünk egymásnak, ha valami elintézendő van.

-Miért tartasz attól, hogy anyukád meg tudja, azt, hogy beszélsz magadról?

-Nem örülne, hogy kiteregetem a családi szennyest.

Valahol mégis a lelkem mélyén érzek valami enyhülést, amit még nem tudok hova tenni. Nem múlt el nyomtalanul mindaz, ami szép volt.

Nézd, én nem mondom azt, hogy keresd a szüleidet, és hallgasd meg őket, tedd fel a kérdéscidet. Neked kell érezned, mikor leszel erre képes, de hidd el, ezt meg kell tenned.

Hiszen, ha választ kapsz a miérteke egy őszinte beszélgetés során. Megpróbálod megérteni a másik fél cselekedetét, akkor tudod elrendezni magadban a dolgokat, és akkor tudsz megbocsátani.

- Szeretnél üzenni valamit a korodbeli fiataloknak vagy szülőknek?

- Nem is tudom. Megpróbálom összerendezni a gondolataimat.

Eltelt egy pár perc. Látszott Éva arcán, hogy valahol távol járnak a gondolatai. Nem is vett tudomást rólam.

Aztán egyszer csak megszólalt: 18 éves vagyok. Nem tudom, találok-e valaha olyan társat, akinek gyereket szülnék. Az apám csalása mindig a fejemben motoszkálna. Bizalmatlan lennék.

Mindig árulkodó jeleket keresnék, s ezzel megölném a szerelmünket és a kapcsolatunkat. Nem tudom, képes leszek-e úgy szeretni, úgy megbízni, hogy ne így legyen. Most úgy érzem a szüleim olyan rossz példát, mutattak nekem, hogy soha nem lesz normális kapcsolatom. Olyan boldog gyerekkorom volt, és egyszer csak pokollá változott. Nem szeretném, hogy az én gyerekem ezt átélje, és azt sem, hogy, apa nélkül nőjön fel.

Soha nem hagynám, hogy bennem csalódjon. Mindig őszinte lennék vele, de ezek az én érzéseim. A társam lehet, hogy a kapcsolatunk elején ugyanezt az elvet vallja, aztán becsap, ahogy az apám tette az anyámmal.

Nem fogok gyereket szülni az a biztos. Így senki nem csalódik senkiben.

Mindig a bizalmatlanság irányítja a gondolataimat.

-Á – hagyjuk. Nem bánom, ha benne tetszik hagyni a könyvben.

Legalább az a szülők, akik, olvassák, átérezhetik, milyen káosz, és zűrzavar van a fejemben, s ami a legfontosabb: milyen csalódással és bizonytalansággal indul az életem.

- Felemelte a poharát, de az üres volt. Amíg, megtöltötte, arra gondoltam:

- Istenem, milyen megkeseredett ez a lány, és ilyen fiatalon.

Mit lehet ilyenkor mondani, tanácsolni? Az idő talán minden megold, és megváltoztatja Éva véleményét is. Ebben csak reménykedhetek.

Talán eljön a nagy ő de, biztos, hogy nehéz dolga lesz, hogy Évában minden rossz élményt eloszlasson, és harmonikus párkapcsolatban tudjanak élni.

- Kívánom, hogy így legyen!

Márk 16 éves lesz.

Az ő története mai napig itt motoszkál a fejemben és mardossa a szívemet. A beszélgetésünk helye sem hétköznapi.

A temetőben ültünk egy padon az édesanyja sírjánál.

Ő kérte, hogy ne változtassak semmit, úgy írjak le mindent, a valóságnak megfelelően. Elmondta az édesapjának, hogy mire vállalkozott, és nem ellenezte.

Az édesanyja meg mindent hall – mondta.

„Igyekszem, hogy ne csalódjon bennem.

Hiszen élete utolsó időszakában nagyon csúnyán viselkedtem vele.

Egy pillantást vetett az édesanyja sírjára mintha onnan várna választ.

Nem tanultam jól az általános iskolában. Pedig ő mindig mondta „magadnak tanulsz, nem nekem." Így kevés pontom volt a felvételihez. Az írásbelim, ellenben jó lett. Apának ismerőse volt a gimi igazgatója. Megkereste, és egy kis segítséggel bekerültem a suliba.

Az osztályban, a fiúk voltak többen. Gitta az általános iskolából is ide jelentkezett, de nem kerültünk egy osztályba.

Szeptemberben együtt mentünk a tanévnyitóra és az óraszünetekben is gyakran kerestük meg egymást. Jó barátok lettünk, de csak ennyi. Szerelemről nem volt szó.

Aztán megismertem az osztálytársaimat. Olivérrel kerültem a leghamarabb barátságba.

Jóképű, kedves fiú volt. Sokat beszélgettünk, de volt benne valami rejtély, amit nem értettem, csak éreztem.

Gitta egyre jobban háttérbe szorult, Olival lógtam, amikor csak tehettem. Megismertem az ő baráti körét is. Nem tudtam, hogy mi, de valami nem stimmelt a srácokkal. Mintha Olival a barátságuk nem lett volna őszinte, úgy éreztem.

Aztán egyik nap Oli elhívott hétvégére buliba hozzájuk. Nem lesznek otthon a szüleim, csapunk egy kanbulit – mondta.

Eddig ilyen meghívást még nem kaptam. Szórakozni sem mentem sehova este. Így a szüleim nem örültek neki, de azért elengedtek.

Anya ajánlotta, vigyek egy üveg bort, és sütött egy kis sütit is. Biztosan örülnek neki. Apa annyit mondott, hogy nem az a felnőtt, aki részegre issza magát, hanem az, aki a középutat megtalálva ember marad a talpán.

- Most így visszagondolva: Én soha nem láttam őt részegen, max. jó hangulatban.

Végre eljött a hétvége. Kicsíptem magam és elindultam.

-Oliék fényűző, medencés kertes házban laktak.

-Látható volt, hogy sok pénzt keresnek a szülei. Már a bejárati ajtó sem a megszokott volt.

Amikor becsengettem, Oli nyitott ajtót.

Itt kezdődött az első döbbenet. Alig ismertem meg, nőnek volt öltözve. Paróka, smink, didik. Szoknya, harisnya, és magas sarkú. Ez a vicc kedvéért van, mondta, amikor látta a meglepődést az arcomon.

Frászt. Egy homokos társaságba csöppentem. Előbb azt sem tudtam, mit tegyek, elköszönjek, és haza menjek? Én nem illek ebbe a társaságba. Aztán, az, futott át az agyamon, megnézem, hogyan szórakoznak a homik.

Bár az előző verziót választottam volna.

Körbenéztem, ittam egy koktélt. Váltottam egy pár szót a srácokkal, majd azon kaptam magam, hogy a társaság közepén táncolok, szédeleg a fejem... és a többire nem emlékszem. Nem tudom mennyi idő telhetett el, arra ébredtem, hogy Oli pofozgat.

.- Hé, vége a bulinak! Várnak az őseid! Remélem, jól érezted magad, és máskor is eljössz.

- Persze, mindenképp, válaszoltam.

Szédült a fejem, hányingerem volt: rettentően rossz volt a közérzetem. S ami a legrosszabb, semmire nem emlékszem, mi volt a buliban.

Alig tudtam leplezni apa előtt, hogy nincs minden rendben, amikor beszálltam a kocsiba. Ő kérdezgetett, hogy éreztem magam, milyen volt a buli. Persze hazudtam, nem mondtam el mi történt. Bár ne tettem volna.

Figyeljetek, ez volt életem második rossz döntése.

Ha kifordulok az ajtón, mert én nem vagyok homokos...

Ha elmondom, hogy hol, jártam a szüleimnek...rengeteg bajtól óvtam volna meg magam, és nem indulok el egy lejtőn lefelé, amely a mai napig tartó lelkiismeret furdalást, okozott.

NE KÖVESSÉTEK EL EZT A HIBÁT!

Most már tudom, hogy a szüleimmel olyan kapcsolatot kellett volna kialakítanom, hogy elmerjem mondani nyíltan azt, ami velem történt. Sajnos én mindenből kizártam őket. Úgy léptem fel velük, mintha a közellenségeim lennének. Mindig az ellenkezőjét mondtam, és tettem, amit ők akartak. Higgyétek el, hülyeség ezt tenni. Szükséges az élettapasztalatuk, segítségük. Ők felismerik a bajt, és segítenek kimászni belőle, ha már beleestünk.

Másnap Oli úgy viselkedett, mint korábban, barátságos volt velem, de kettesbe soha nem tudtunk beszélgetni. Nem adott arra lehetőséget, hogy arról kérdezzek, amire nem emlékeztem. Szerdán azt súgta a fülembe: hétvégén ismét buli, és vár.

Mondani akartam, hogy én nem érek rá, de már ott is hagyott.

Egy cetlit írtam neki: „A hétvégét kihagyom."

- Beszéljünk a suli után, - írta vissza.

-Amikor szóban is mondtam, programom lesz.

-Kivetkőzve magából, fenyegetőzni kezdett.

Nem gondolod, hogy azért fecséreltem beléd a sok pénzt, hogy most faképnél hagyj!

Úgy tűnt, jól érzed magad. Mit gondolsz, mennyi pénzt fizettem én azért?

Semmire nem emlékszem – mondtam. Arra , főleg nem, hogy kértem tőled bármit is.

Akkor a kezembe nyomott egy DVD-lemezt.

Nézd meg!

- Ha, nem akarod, hogy felkerüljön a netre, jobb, ha ott leszel!

Sápadtan mentem haza. Úristen! Mit fogok látni. Mi történt, amire nem emlékszem?

Anyu ebédet főzött. Orvosnál volt, így nem ment be dolgozni.

Tiszta ideg voltam.

Ahogy beléptem a konyhába, egyből megkérdezted – fordult az anyja sírja felé.

-Nem vagy jól?

-Istenem, rád förmedtem.

-Hagyjál már békén! Miért lennék rosszul? Állandóan csak kérdezgetsz. Elegem van belőled!

Azt sem kérdeztem meg tőled „mit mondott az orvos?"

Azzal voltam elfoglalva, hogy minél előbb lássam a DVD-t.

-Ne haragudj anya. Most már tudom, milyen barom voltam, és azt is, mennyire megdöbbentettelek a viselkedésemmel. Úgy, szeretném jóvátenni! Sajnos most már késő.

-Mintha ott sem lettem volna.

Márk innentől kezdve az édesanyjának beszélt. Úgy éreztem, nem először ül itt, és próbálja édesanyjának elmondani, mit, miért tett. Így szeretné a bocsánatát elnyerni, hogy őszintén beszél az érzéseiről, a cselekedeteiről.

-Tudod anya, amikor, megnéztem a DVD - t, úgy gondoltam öngyilkos leszek. Ezt a szégyent nem élhetem át. Mit szóltok ti, ha erről tudomást szereztek?

-Harmadik rossz döntésem, hogy nem vállaltam fel, ami velem történt.

Nem mondtam azt:

Anya segítsetek!

A filmen, mint aki halál részeg. Imbolyogva táncoltam. A többi fiú körbe állt. Bíztattak, hogy vetkőzzek. A zene dübörgött. Én, mintegy rossz kurva, magam illegetve el kezdtem leöltözni. Félhomály volt. Bíztattak. Ekkor Oli lépett elém. Felálló farokkal.

Anya, hidd el, megitattak valamivel!

Én soha nem tennék ilyet.

Elcsuklott a hangja, és zokogni kezdett. Ösztönösen, mint szülő a lehajtott fejére tettem a kezem, és szeretettel megsimítottam.

Felém fordult, a vállamhoz ért a feje, és csak sírt, csak sírt keservesen...

Pár perc így telt el. Hadd sírja ki magát – gondoltam. Megkönnyebbül.

Aztán annyit mondott, sajnálom, hogy így kiborultam, de annyira fáj valami belül.

- Ez megérthető.

- Jobb egy kicsit? – kérdeztem.

-Igen, egy kicsivel talán jobb – válaszolta.

-Szeretnéd folytatni?

-Igen. Ilyen részletesen még nem mondtam el anyának, mi történt.

Szégyellem, de a számba vettem Oli farkát.

Aztán filmre vették az enyémet is. Mereven.

Gondolkodott egy kicsit, mondja-e. Aztán döntött. Visszataszító volt látni magam, ahogy enyelgek, teljes bódulatban Olival. Őrület, ha ezt valaki meglátja. Soha nem moshatom le magamról a homokos szót.

- Semmi bajom nincs velük. Félre ne, tessék érteni! Egyszerűen csak nem tartozom közéjük.

Aznap este ki se jöttem a szobámból. Nem is vacsoráztam.

-Amikor bejöttél. Azt mondtam neked. Hagyj már magamra. Az agyamra mégy a kérdéseiddel! Nem veszed észre, hogy zavarsz?

Ha behunyom a szemem, a mai napig előttem állsz, olyan szomorúan nézel rám, és ismét sírni kezdett. Te nem szóltál egy szót se, csak csendben behúztad az ajtót magad mögött.

-Anya, bocsáss meg! Annyiszor kértelek már most, hogy itt vagy, csak egyszer tettem meg, amíg éltél.

Apa éjszakás volt. Másnap délután mikor hazamentem a suliból, azt mondta, hétvégén a kertet

téliesítjük, szeretné, ha segítenék. Ott is alszunk.
Tiltakoztam, hogy nem érek rá. Buliba hívott Oli.
-Nem mehetsz el. Nem neked való ez a társaság.
Furcsán viselkedsz. Anyádat megsértetted, pedig ő
csak aggódik érted.
-Meg nem kérdezed, mit mondott neki az orvos.
Semmi nem érdekel.
Nem gondolod, hogy magyarázattal tartozol!
Nem mehetsz sehova, a kertbe megyünk! Kristóf
is haza jön. Őt érdekli, hogy mi van anyjával
Németországból is, téged nem.
-Akkor is elmegyek, emeltem meg a hangom!
Átfutott az agyamon, mit mondott Oli.
-Anya, itt kellett volna őszintének lennem, s azt
mondani, apa beszélnünk kell:
Hisz, csőbe húztak. Ez nem én vagyok, akit a
videó bemutat. Nem voltam ítélő képességem
tudatában. Nem tehetek róla. Ehelyett, mint akinek
elment az esze, üvöltöttem: Elegem van belőletek!
Uralkodtok felettem! Ti, mondjátok meg, mit,
tehetek, és mit nem!
Apa, ütésre emelte a kezét. Ekkor elhallgattam.
Már arcomon éreztem a csattanó pofont, de nem,
elfordult és ott hagyott.
Fojtott volt a légkör odahaza: biztosan te is
érezted. Mindenki magába fordulva, csendben tette a
dolgát. Még akkor sem kérdeztem meg, mi van veled?
Péntek este haza jött a tesóm. Egyből hozzád
lépett.
Soha nem felejtem el ezt anya, amíg élek. Ez
mardossa a mai napig a szívemet. Magához ölelt. Az
én nagydarab testvérem hangosan sírt. Nem is
emlékszem, mikor hallottam így utoljára sírni.

Úgy szorított téged, mintha soha nem akarna elengedni.

Ekkor, mint akibe tőrt szúrnak, belém hasított.

Nagy baj van.

Akkor derült ki, hogy áttétes tüdőrákod van.

Menthetetlen vagy.

Hosszú szünet következett. Síri csend volt. Mintha megállt volna az idő. Én a sírással küszködtem, alig bírtam, visszafojtani. Aztán helyettem is feltette a kérdést.

Istenem. Miért? Miért kellett ennek megtörténnie?

- Ültünk tovább csendben. Márk sem beszélt, én sem.

-Arra gondoltam, egy hét alatt ennyi minden megtörtént. Milyen kegyetlen a sors. Csoda, hogy ez a gyerek ép ésszel ezt átvészelte.

-Aztán én törtem meg a csendet.

-Maradjunk még, vagy folytassuk máskor?

Á, nem, most olyan jó, minden csendes, békés. Halkan újra beszélni kezdett.

- Aznap éjszaka Kristóf átjött a szobámba.

-Mi van öcskös, apa panaszkodik. Történt valami a bulin? Ő azt mondja, olyan vagy, mint akit kicseréltek.

-Mi mindig jó testvérek voltunk. Ösztönösen cselekedtem. Betettem a DVD-t és el kezdtem lejátszani.

Ő nem szólt semmit.

Megszólaltam: én nem tehetek…. Félbeszakított. Tudom.

Anyáéknak semmit ne szólj!

Holnap én is megyek a buliba veled.

Kristóf úgy rendezte, hogy vasárnap téliesítettünk, így együtt mentünk a buliba. Persze ti nem tudtatok róla.

Amikor Oli kinyitotta az ajtót, és meglátta a tesómat, be akarta zárni, de Kristóf oda tette a lábát.

Hirtelen bent voltunk. A zene elnémult, a lámpát valaki felkapcsolta. Szinte vágni lehetett a csendet. Mindenki feszülten állt a maskarájában. Megszámoltam, 7-en voltak. A c. osztályból is ott volt egy fiú. Nem volt nehéz kitalálnom, ő a következő áldozat.

A bátyám lassan, de határozottan beszélni kezdett.

Oli, mint egy hisztis tyúk kiabált; Tűnjetek innen! Téged senki nem hívott! Ez magánlak-sértés! – ki innen!

Ekkor a bátyám megfogta a grabancát, amitől csendben maradt.

Mit képzeltek ti, 14 éves taknyos kölykök? Rákényszeríthetitek a nemi hovatartozásotokat másokra. Úgy hogy az nem akarja. Ez bűncselekmény…Mit adtál be ennek a gyereknek.? Azonnal mondd meg, mert viszem a kórházba.!

Oli, mint aki kijózanodott, látta több kettőnél. Könyörögni kezdett. Nem akarok botrányt. Az apám megöl, ha ez kiderül. Az ő pozíciójában végzetes lenne. Kikezdené a média. Rossz belegondolni.

Térdre ereszkedett a bátyám előtt, úgy könyörgött. Sok minden elhangzott. Én nem is tudtam, de Kristóf mindent rögzített.

14 és 16 év közöttiek voltak a srácok. 4-en az iskolából. Egyedül egy magasabb fiú, Miklós emelkedett ki közülük, ő 17 éves volt.

Oli és Miklós egy párt alkottak.

Ha, igaz Miklós ötlete volt az egész beszervezés, zsarolás. Ő vette a bódító port is, persze Oli pénzéből.

Mind az 4 gyerekről videó készült, mint rólam. Őket is kényszerítették a bulin való részvételre, mint engem. Senki nem mert, otthon szólni; mint én. Szerencsére nekem van egy bátyám, akinek sok mindent köszönhetek.

Mindenkiről letörölte a felvételt Kristóf Oli gépéről, és azt mondta Miklósnak és Olinak, hogy börtönbe juttatja őket, ha nem hagynak fel ezzel a játékkal. Az, hogy a szüleiknek elmondja-e, az is rajtuk áll. Elmagyarázta, hogy ennek a cselekménynek milyen következményei lehetnek – ha esetleg nincsenek tisztában vele.

-Emlékszel anya, azt mondtad vasárnap, de jó, hogy újra a régi vagyok. Ezért anya ez Kristóf érdeme.

-Szívem szerint mindent elmondtam volna nektek, de nem akartuk, hogy ezen is emészd magad.

Elég a betegséged.

Aztán minden olyan gyorsan történt. A te leépülésed.

Annyira igyekeztem jóvátenni mindent, ugye érezted anya? Amikor azt mondtad „olyan jó fiú vagy".

-Tényleg úgy gondoltad? Amikor bocsánatot kértem: - Meg tudtál nekem, bocsátani?

- Úgy, szeretlek, anya. Annyira hiányzol.

Márk felállt, megsimította a fejfát.

-Én csak ültem és hallgattam. Mindaz, ami elhangzott nem nekem szólt, hanem Márk édesanyjának. Az igazság elmondásával azt hiszem, könnyebb elviselni az édesanyja elvesztését. Na, de így van ez jól. Remélem, hogy egyszer megnyugszik a lelke, és a fájdalom is enyhül.

-Most mi a helyzet otthon, és az iskolában? – törtem meg a csendet.

-Apának egy hete mondtam el mi történt, az elejétől a végéig.

Csak annyit mondott. „Ha bármit teszel, jót, vagy rosszat, akkor is az én fiam vagy. S amíg élek, azon leszek, hogy segítsek neked, csak engedd meg. Őszinteségért mindig őszinteséget kapsz tőlem fiam."

Ketten lakunk. Kristóf Németországban él és dolgozik. Van egy barátnője. Egy héten egyszer skype-olunk.

Nagyon nehéz anya nélkül. Annyira hiányzik. Érzem apának is. Egymást támogatjuk, és ez jó.

Az iskolából elment Oli. Azóta nagy a csend.

A baj összekovácsolt bennünket, így lett négy jó barátom. Most is jönnek velünk a hétvégén a kertbe. Apa főz. Mi addig rendbe rakjuk, amit kell. Elsörözgetünk és dumálunk. Néha még előkerül, ami velünk történt, de már nincs jelentősége.

A lányok? – kérdeztem.

Együtt járok Gittával. Ő az, akit említettem az általános iskolából.

Legközelebb csajos összejövetelt rendezünk.

Két srácnak még nincs barátnője, így nagyobb szervezést igényel. Gitta elhívja a barátnőit. Az időpont-egyeztetés hiányzik, és az, hogy megtartjuk-e apát szakácsnak? Attól függ, hogy sikerült a hétvégi főzése.

Most látok egy kis mosolyt az arcán.

Ez remek – mondtam.

-Tudod, biztosan örülne édesanyád, ha mindezt hallaná, és büszke lenne rád, hogy így kilábaltál a bajból, és talpon maradtál.

-Szeretnél-e valamit üzenni a veled egykorúaknak?

-Annyit szeretnék mondani:

Tanuljanak az én példámból. Ne legyenek olyan fafejűek, mint én.

Higgyék el, szükséges egy felnőtt, akihez fordulhatunk, és tanácsot kérhetünk.

Nem attól leszünk nagyok, önállóak, hogy a felnőtteket elmarjuk magunk mellől, mintha mi mindent jobban tudnánk. Átkel gondolni, mielőtt kimondjuk a bántó szavakat, hogy esik ez a szüleinknek! Nem tudjuk, mit hoz a holnap, addig is becsüljük meg és szeressük őket, amíg lehet. Én már csak tudom.

Aztán hírtelen egészen más lett Márk hangja. tetszik tudni, mi az élet iróniája?- kérdezte.

Nem kíváncsivá teszel- mondtam.

Van egy ismerősöm, aki a saját neméhez ragaszkodik, mindenki tudja róla, így én is.

Roppant jó fej. Nagyon becsületes és rendes ember. Sokat dumálunk, főleg filozófiai kérdésekről.

Bátran kijelenthetem, hogy mindegy a nemi hovatartozás. Aki rendes az rendes, ha a saját nemét szereti, ha a másikat akkor is.

Így az emberek megítélésének kérdésekor, ez fel sem merül bennem. Másoknak is ezt tanácsolom. Az, hogy kinek milyen a szexuális élete, az mindenki magánügye. Az a fontos, hogy mint ember, megbízható, őszinte, jóindulatú és becsületes legyen.

Elköszöntünk egymástól. Próbáltam a fejemben rendezgetni a hallottakat.

Micsoda fordulatok, gondoltam.

Ez a gyerek és a gondolatai.
Ha ezt megírom, biztosan tanulhat belőle aki akar.

Emma 14 múlt

Emi első osztályos korától kitűnő tanuló. Nagyon értelmes. Olyan komoly gondolatai vannak, hogy meglep vele. Arra a kérdésre, hogyan látja a lázadó kort, így válaszolt. Én mindig tudom, hogy mit szeretnék. Határozott céljaim vannak. Orvosi pályára készülök. Így tudatosan választom meg az olvasnivalóimat. Nekem nincs olyan időszakom, amit hasznosan ne tudnék eltölteni. Most, hogy elkezdtem a középiskolát, a tanulásra sok időt fordítok. Szeretnék mindenből maximálisan teljesíteni. Beosztottam a hetemet úgy, hogy ebbe beleférjen a sport és a szórakozás is.

Én úgy gondolom, hogy akinek céljai vannak, annak érdemes előre megtervezni mindent. Figyelek az egészségemre is, ezért sportolok. Van baráti köröm, akiket jól választottam meg, mert hasonló gondolkodásúak, mint én. A családomat, mint biztos hátteret – ahonnan szeretetet, kontrollációt, és nem utolsó sorban anyagi segítséget kapok – megbecsülöm. Tehát, nincs miért lázadnom.

A legkönnyebb sok fiatalnak, mindenért a szüleiket és a környezetüket okolni. Önvizsgálatot kellene tartaniuk. Mindent megtettek-e azért, hogy a környezetük elfogadja, és megértse, mit, miért cselekszenek.

A mai világban a szülőknek is rengeteg gondja van. Ma nehéz az élet Magyarországon. Látom a szüleimet. Sokkal többet dolgoznak, hogy az életszínvonalunkat fent tudják tartani. Így ha valamit szeretnék tőlük, kétszer is átgondolom. Nem túl nagy kérés-e? Nem okozok-e vele gondot? Megválasztom az időpontot is, amikor nyugodtan meg tudjunk beszélni. Nem kényszerítem őket az azonnali döntésre. Főleg, ha anyagiakról van szó.

Nem tartom helyesnek, ha egy gyerek kihasználja a szüleit, tudva azt, hogy az utolsót is odaadják, vagy rá költik, minthogy nemet mondjanak neki. Nekem, ami nehézséget okoz, az hogy, nagyon féltenek, ha lehetne, mindentől óvnának.

Pedig ők is tudják, nem felejtették el azt, hogy mikor fiatalok voltak, a szüleik cselekedeteit, reakcióit hogyan fogadták., hogy esett az, nekik, amikor a féltés miatt nem engedtek meg valamit, amit nagyon szerettek volna. Ezért megvárom, hogy mindent, átgondoljanak, és eljussanak oda „Mi is voltunk fiatalok".

Élő példa erre.

A 8. osztályból elballagtunk. Az osztály úgy döntött, hogy, egy utolsó közös kirándulást szervezünk. Tanárok nélkül.

Tessék elképzelni! Elég sokáig gondolkodtam rajta, és vártam a megfelelő alkalmat, hogy ezt megbeszéljem a szüleimmel.

Vonattal a Balatonhoz! Felügyelet nélkül? Ezt nehéz lesz elérnem.

Ádám szülei utazási irodát vezetnek. Így ők választották ki a minden szempontból legkedvezőbb helyet, és szállást, háromszori étkezéssel.

Amikor elmondtam, kértem a szüleimtől, mielőtt nemet mondanak, gondolják át.

- Mennyire tartanak megfontoltnak és komolynak ahhoz, hogy megbízzanak bennem és elengedjenek.

Egy nap, gondolkodási időt kértek.

Természetesen elengedtek. Nem adtam eddig okot rá, hogy nem legyen a válasz. Egyedül a féltésüket kellett legyőzniük. Azt mondom én a kortársaimnak: Legyünk őszinték a szüleinkhez. Vállaljuk fel, ha rosszul cselekedtünk, vagy rossz döntést hoztuk! Hibátlan ember nincs a földön. Akkor alakul ki a szülő és gyerek között a bizalom.

Tudomásul kel vegyük, hogy a szüleink jót akarnak nekünk, még ha ez a kifejezés elég elcsépelt is, akkor is igaz.

Mondjátok meg, ki más, ha nem a saját szüleink azok, akik segítő szándékkal vannak felénk. A mi részünkről is odafigyelés és türelem szükséges a szüleinkhez. Sokat kell beszélgetni egymással. Tudni kell egy rezdülésből, hogy most gondterhelt az apa vagy az anya. Békén hagyom.

Nem követelőzök, mert ha nincs rá keret, csak feszültséget okozok a szüleimben. Hiszen szeretnének mindent megadni nekem. Néha erőn felül is.

Ha figyelünk rájuk, sok mindent észrevehetünk, és így magyarázatot is kaphatunk egy-egy reakciójukra.

Például: Ági, a barátnőm, amikor megkapta az első laptopját, és elhozta hozzánk megmutatni, én egy szóval nem mondtam, hogy szeretnék. Pedig nagyon szerettem volna, hogy nekem is legyen. A szüleim mondás nélkül is tudták.

Apa rákövetkező 4 hétvégén dolgozott (plusz munkát vállalt). Egy hónap múlva én is megkaptam a laptopot. Ő ezt megtette értem, és mi mindent, hogy nekem örömöt szerezzen. Szerintetek milyen érzés lenne neki, ha én becsapnám, hazudnék neki?

Soha nem tennék ilyet.

Mondják is a szüleim „minta gyerek a mi lányunk, reméljük Tomika (aki most 2 éves) is ilyen lesz."

Segíteni fogok nekik, Tomi és köztem 12 év korkülönbség van, de az csak rajtam múlik, hogy hogyan alakítom ki vele a jó testvéri viszonyt, hogy elfogadja a jó tanácsaimat, ha megosztom vele az élettapasztalatomat, akkor ő is könnyebben, boldogul.

Persze nálunk is vannak gondok.

Néha úgy éreztem, hogy idegesítenek a szüleim. A suliban meg akarok felelni. Az osztálytársaim sem szeretném, ha strébernek kiáltanának ki, mert mindig felkészült vagyok az órákra. Nem könnyű mindenkinek, megfelelni.

Egyszer alig értem haza, anya egyből jött a kérdéseivel. Mi volt a suliba? Feleltél? Jó lesz, ha túrós csuszát készítek?

Nagyon csúnyán válaszoltam. Felemelt hangon: „Hagyj már békén, most jöttem haza. Téged csak a saját gondjaid érdekelnek. Legyél már belátóbb, különben is, mit érdekel engem, hogy vacsorára mit főzöl…"

Anya rám meredt értetlenül. Bementem a szobámba. Úgy bevágtam az ajtót, hogy a dörrenésre felébredt a tesóm. El kezdett üvölteni. Apa akkor jött be az udvarról. Hallotta a nagy zajt. Benyitott hozzám, és azt kérdezte: Haragszol az ajtóra?

Nem igaz – gondoltam, hagyjanak már békén!

- Nem érdekelnek a vicceid – válaszoltam, de akkor már mérgemben potyogtak a könnyeim.

- Ha, lecsillapodtál, beszéljünk – mondta.

Ültem, kibőgtem magam, kicsit megkönnyebbültem, aztán átgondoltam az egészet. Kerestem az okot, hogy miért tettem, és azon agyaltam, hogy tehetném ezt jóvá.

Csend lett, az öcsém visszaaludt. Amikor mindent átgondoltam, kerestem a szüleimet. Görcs volt a gyomromba. Tudtam, hogy mindent meg tudok beszélni velük, de szégyelltem magam.

Kérdően néztek rám.

Ne haragudjatok. Nem tudom, miért tettem.

Nagyon rossz napom volt az iskolában. Igazságtalanság történt, majd elmesélem.

Anya! Rajtad vezettem le azt a dühömet, amit éreztem, de hidd el, nem neked szólt, csak kijött, magától. Tudod, hogy szeretlek.

Apa! Imádom, ha viccelsz. Kérlek, ne sértődj meg rám, és tedd máskor is. Jó?

Anyád elmesélte mi volt. Mondtam én neki, hogy a Csuszára haragszol és nem rá.

Ekkor mindhárman elmosolyodtunk.

Azóta anya, ha haza jövök, rám néz, picit gondolkodik, szerintem, olvas az arcomról, kérdezhet-e vagy sem. Így figyel rám.

Ebben én voltam az első, mert régóta így kérek, vagy mondok el rossz dolgokat, hogy meggyőződök róla, alkalmas-e az időpont.

Higgyétek el, jól működik.

Remélem az őszinteségemmel, segítek másoknak, a problémáik megoldásában.

Emma nem egy hétköznapi lány.

Ilyen határozott, céltudatos gyerek, nem terem minden bokorban.

Remélem hallok még felőle.

Ottó 13 éves lesz.

Egy csoport fiatal ült egy presszó teraszán. Nem szoktam csoportokat megszólítani, éppen a diszkréció miatt. Nem is tudom, miért tettem kivételt. Elmondtam, hogy könyvet írok, és hogy keresek olyan fiatalokat, akik segíteni tudnak. Letettem a névjegykártyámat a telefonszámommal. Egymásra néztek a fiúk, (Öten voltak)

Az egyik fiú, mert ő volt a szószóló, olyan lekezelő stílusban mondta, hogy „kopjak le", szó szerint, hogy szinte megsemmisültem.

A nagyanyjuk lehetnék. Kedvesen léptem hozzájuk. Megkérdeztem, zavarhatom-e őket pár percre...stb.

Úgy ültem be a kocsiba, mint akit fejbe vágtak. Hol a tisztelet? Hol az illedelmes visszautasítás? Nem tanulta meg ez a gyerek? Aztán arra gondoltam, kamasz. Lehet, ő lesz 5 év múlva a legtisztelettudóbb, és legkedvesebb fiatalember.

Alig telt el 2 óra.

Megcsörrent a telefonom. Ottó vagyok, a presszó teraszán találkoztunk.

Azt szeretném kérdezni, mennyit tetszik fizetni az információkért?

Vettem egy nagy levegőt. Tehát üzletelünk – gondoltam. Nézzük, mi sül ki ebből.

-Mennyire gondoltál? 10 ezer forintra – válaszolta határozott hangon. Nézd, felezzük meg. 5 ezer Ft

Pár másodpercet gondolkodott.

- Benne vagyok, de csak azért, mert le vagyok égve.

Mikor találkozunk? – kérdezte. Időpontot, és helyszínt egyeztettünk. Kíváncsian vártam, hogyan gondolja Ottó. Milyen „információt" ad el nekem ötezerért.

Nem messze az iskolától ültünk le.

- Kérem előbb az ötezret! – mondta.

- Hűha – gondoltam, 12 éves múlt, ez nem semmi! Kettéhajtottam egy fehér A4-es lapot, belehelyeztem a pénzt.

- Ideteszem az asztalra – mondtam, amikor végeztünk, elviheted.

Kérdeztem a családjáról, az iskoláról, a barátairól. Egy törékeny, langaléta fiatal ült előttem. Kezeit nem igazán tudta hova tenni. Zavarban volt. Ezt úgy próbálta leplezni, hogy hangosan beszélt, és rettentően csúnyán. A nyomtatásra szánt anyagot, amikor átolvasta, azt mondta, őt nem érdekli, ha a kifejezéseit is beleírtam, még ha nem, szalonképesek akkor sem. Ezt kissé nagyképűen, lezseren adta a tudtomra.

Visszatérve a beszélgetésre.

A fater rendőr. Nem rég léptették elő, ezzel most marhára felvág. Azt mondja, példa lehetne előttem. Még hogy „példa". Röhögnöm kell. Azt hiszi, nem tudom, mit csinál, stikában.

Mit? – csaptam le rögtön a témára.

Nem vagyok spicli. Főleg nem a fater ellen. Néha elviselhető csávó, nem adom ki. Csak azt nem bírom, amikor gyereknek néz.

-Majdnem rávágtam, „hiszen az vagy" – de hirtelen eszembe jutott, ezzel befolyásolhatom az előadásmódot, s kíváncsi voltam, hogy ezt a stílust tartja-e végig, vagy megismerhetem azt a gyereket, aki az álarc mögött lapul.

-Miben nyilvánul ez meg? – kérdeztem helyette.
Elzárva tartja a pisztolyát.
- Azt nem a rendőrségen kell leadni szolgálat
végén? – értetlenkedtem.
- Frászt, nem is egy van neki. Azt hiszi, nem
hekkelem meg a kódot. Most ezen gürizek.
- Mire jó ez neked? Egy lenéző tekintet,
megspékelve egy szájhúzással volt a válasz.
- Ha tudta nélkül kiveszed, őt is bajba sodorhatod,
és magad is.
- Tisztára a szüleim! Ők is mindig így
okoskodnak, - buggyant ki belőle.
- Egy kis lövöldözés senkinek sem árt.
- Hol akarsz lövöldözni, csak nem ki akarsz nyírni
valakit? – vettem fel a stílusát.
- Jobb, ha odafigyelek, mit kérdezek tőled, nehogy
ellenséglistára kerüljek.
- Olyan hülye, nem vagyok. Szoktam olvasni a
lövöldöző diákokról. Ez baromság. Ott nem minden
frankó az agyban, pszichiátriai esetek lehettek.
- Most megnyugtattál, jó ezt a véleményt
hallanom.
-Szerinted mi a helyzet a mai kamaszokkal? Mit
tanácsolsz nekik? Te mit érzel? Mi jó, és mi nem? Mit
kellene másként? – bombáztam meg kérdésekkel.
Szar minden – válaszolta, de főleg az, hogy
mindenki úgy kezel, mint egy taknyos kölyköt.
Sokkal több mindent tudok az életről, mint
gondolnák.
Mondtam a faternak, el tudom dönteni, meddig
számítógépezzek. Mégis letiltotta napi egy órára. Mi
az? Ló fing.
Gáborékhoz, ő a barátom, csak hétvégén enged el,
mert tanulni kell.

Így jobb? Lógok az utolsó óráimról, és akkor talizunk.

Hogy oldod ezt meg?

Hol valami rosszullét. Hol kikérem magam az utolsó óráról.

-Te?

- Ja.– válaszolta.

- Jobban aláírom az apám nevét, mint ő.

-Nem félsz, hogy lebuksz?

-És mi van akkor? „Megbüntetnek?" Nem szokták betartani. Üvöltenek velem és kész. Ezerszer megkérdezték, milyen ember akarsz lenni! Szégyent akarsz hozni ránk? Én bűnbánóan mindent megfogadok. Ennyi.

- Szerinted mi a hiba? – Gondolom, érzed, hogy ez nincs így rendben?

-Persze. Ránézett a pénzre.

Egy egészen más hangon folytatta.

„Csak akkor beszélgetünk, amikor rosszat csinálok, akkor is csak azért, hogy fejmosást kapjak."

Nincs idő; mindenki rohan, alig találkozunk.

- Közös ebéd vagy vacsora? – kérdezem.

- Nem is tudom az utolsó idejét.

-Egy-egy hétvégi kirándulás?

-Néha egy wellnes, persze ott is mehetek, ahova akarok. Lehet, hogy ez jó a szüleimnek, de én unatkozom.

Azt mondják, barátkozzak, ismerkedjek, de minek két napra. Így alig várom, hogy vége legyen. Már kértem, hadd maradjak otthon.

„Még ehhez kicsi vagy" – jön az idegesítő válasz. Tizenhárom évesen kicsi? Frászt vagyok kicsi!

Rühellem ezt az egészet. – újra a régi álarc felkerült.

- Már csajom is volt.
- És? – kérdeztem.
- Nem dumálom ki. Legközelebb másként akarom.
Idős volt a csaj.
- Nem értelek? – mondtam.
- Égő volt és kész. – válaszolta.
- Beszéltél róla valakivel?
- A barátaimmal nem. Ők kiröhögnének.
- Ők hogy állnak? – kérdeztem.
- Tetszik tudni, a teraszon, aki válaszolt.
-Tudom, a modortalan. Ő ki?
- Ő a legmenőbb a suliban. Több mint 10 csaja
volt.
-Versenyeztek?
-Én nem.
- Szüleiddel beszéltél már a szexről?
-Nem, még nem. Kíváncsi vagyok, hogyan adják
majd elő, ha egyáltalán beszélnek róla – mondta.
- Annyira már felvilágosítottam magam az
internetről, amennyire kel.
- Édesanyádról keveset beszélsz.
- Ja, a fater többet „foglalkozik" velem. A
muternek csak a munkája a fontos!
Néha úgy érzem, nyűg vagyok a nyakán.
-Ne haragudj azért, amit most mondok. Úgy
érzem, ez a nagyképű, mesterkélten, csúnyán beszélő
srác, ez nem te vagy.
Jó emberismerő vagyok.
Az a meglátásom, hogy senki sincs a
környezetedben, akivel őszintén tudnál beszélgetni. S
aki viszont is őszinte veled. Azt mondják, „kettőn áll
a vásár".
Mi lenne, ha édesapádat tüntetnéd ki a
bizalmaddal? Ő az élettapasztalatával sok kérdésedre

választ adna, ami átsegít a se gyerek, se felnőtt korszakon.

Mondd el, hogy téged mi idegesít, mi zavar.

Ha beszélgetsz és hallják a felnőttek a gondolataidat, saját magad vívod ki, hogy kikerülj a gyerekkategóriából.

Nyilván te vagy a „nagyfőnök". Te döntesz, hogy elfogadod-e, amit ajánlottam.

Úgy láttam, elgondolkodott azon, amit mondtam. Lehet, hogy segítettem?

Pár hónap múlva épp egy megbeszélésre siettem, amikor valaki kiabált utánam. Ottó volt.

Megcsináltam, amit tetszett tanácsolni. Bejött. A faterral kijárok a lőpályára. Nehéz volt elintéznie, de kiharcolta.

Értem.

Ezt a szót olyan büszkeséggel mondta ki, hogy éreztem, ez, nagy boldogság, a számára.

- Tehát édesapád a bizalmasod?

- Igen. Szerettem volna megköszönni a segítséget. Szeretném visszaadni az ötezret, de most nincs nálam.

- Ez üzlet volt – mondtam. Ez a tiéd. Ne beszéljünk róla többet.

Egy jókor elhangzott mondat egy felnőttől óriási segítség lehet egy gyermeknek, ami akár megváltoztatja az életét jó irányba.

Csilla és Marianna 13 évesek.

Ez a beszélgetés a családi házuk kertjében zajlott a szülők tudtával. Ők nem voltak jelen. Az apuka azt kérte, hogy ő szeretné átnézni a kiadandó anyagot. Csilla és Marianna ikertestvérek. A gyerekkoruk úgy telt, mint más gyerekeknek 11 éves korukig. Nagyon szoros a kötelék közöttük, és úgy érzem, a gyerekek és a szülők között is. Egy iskolába jártak a gyerekek. 2010 tavaszán történt. Elindultak iskolába, úgy, mint máskor, édesanyjuk kocsival vitte őket. Egy mellékutcából figyelmetlenül kikanyaradó autós miatt karamboloztak. Csilla be volt kötve, Marianna nem. A fékezéstől olyan szerencsétlenül esett, hogy a gerince megsérült. Mindent elkövettek a gyógyulás érdekében, de Marianna tolókocsiba került.

Csilla: Ezt az időszakot soha nem szeretném átélni még egyszer, de még az ellenségemnek sem kívánom.

Anya magát okolta azért, mert nem ellenőrizte le, hogy mindketten be vagyunk-e kötve.

Apa egy szóval sem vádolta. Azt mondta neki, ezt a sors akarta így. A jó Isten hidd el, megsegít bennünket, ha, hiszünk benne, meggyógyul a lányunk.

Anya önmarcangolása megnehezítette az amúgy is nehéz életünket. Ráadásul azt vettük észre, hogy az alkoholba akar menekülni.

Aztán egy hónappal a baleset után, amikor Macsi hazajött a kórházból, egy vacsora alkalmával apa tette helyére a dolgokat, amiért mai napig hálásak vagyunk neki, de főleg anya. Felvázolta a történteket, és azt mondta.

Több lehetőségünk van. Aztán anyához fordult:

-Folytatod az önmarcangolást, egyre többet iszol addig, amíg alkoholista leszel. Nem tudod ellátni az anyai teendőidet. Nem tudod kezelésre hordani Marcsit.

Nekem munkahelyet kel változtassak, hogy meg tudjam oldani helyetted.

Hol találok olyan jól fizető állást, mint ami jelenleg van? Miből fogunk élni? Ha így folytatod, szerinted hova jutunk? Nekem segítség kell és a gyerekeknek is.

Ami történt, már megtörtént, nem tehetsz róla, egy tizenkét éves gyerek már be tudja kötni magát. Mindig erre köteleztük. Nem te voltál figyelmetlen a karambol miatt sem. Hidd el, nekem is fáj, hogy Marcsit így látom. Azt mondta az orvos, nagyon fiatal, bármi megtörténhet. Bízzunk a jó Istenben. Azért imádkozok minden este, hogy segítsen meg minket, gyógyítsa meg Marcsit.

Sírtunk mindannyian – mondta Csilla.

-Tudod, hogy soha semmit nem adtunk fel, fogta meg apa anya kezét. A lányokra 8 évig vártunk, és itt vannak nekünk.

-Kérlek, szedd össze magad. Nekünk szükségünk van rád.

Anya, zokogásban tört ki, és mi mindannyian sírtunk vele együtt.

Tudom, hogy te nem ezt az utat választod. Én bízom benned, s szerintem a gyerekek is.

Anya olyan volt két napig, mint aki nincs közöttünk, állandóan a gondolataiba feledkezett.

Mi hagytuk. Igyekeztünk apával mindent elvégezni körülötte. Tudtuk, most dolgozza fel a történteket, és az apától hallottakat. Nem tudom, mi lett volna, ha apa nem ilyen. Rossz belegondolni.

Apa imád minket. Ő mindig igazi, szerető családot akart. Sajnos az övé nem ilyen volt.

Vasárnap reggel arra ébredtünk, hogy anya mosolyog. Visszakaptuk a régi anyát. Köszönöm Istenem – mondta Csilla – tekintetét az ég felé emelve. Mi Marcsival jól megvagyunk. Én anyáékkal sokat beszéltem arról, hogyan kezeljem a helyzetet. Ők azt mondták, teljesen úgy, mint a baleset előtt. Nincs szánakozás...., mert az, rossz Marcsinak. Sok mindent átalakítottunk a lakásban, így a tesóm egyre kevesebb dologban szorul ránk. Ez növeli az önbizalmát. Mindannyian azon vagyunk, hogy bízzon abban, hogy fel fog épülni és kiszáll a tolókocsiból.

Amióta apa elmondta, hogy ő ezért imádkozik Istenhez, azóta én is ezt teszem, minden elalvás előtt.

A lányok összenéznek. Látszik, hogy nem ismeretlen, amiről beszélnek. Nem titok semmi. Marcsi veszi át a szót:

Amikor először találkoztam az osztálytársaimmal, olyan félelem volt bennem, hogy összeszorult a gyomrom, izzadt a tenyerem.

Hogyan fogadnak? Kigúnyolnak? Lenéznek? Sajnálkoznak?

Nem ez történt, mindenki úgy fogadott, mintha semmi sem történt volna. Utólag tudom, ebben nagy szerepe volt Márta néninek, az osztályfőnökömnek. Az igazgatónőnek apa írt kérelmet, és engedélyezte, hogy vizsgázni járjak be az iskolába. A tesóm hozza a házit és azt, hogy mit tanultak a suliban. Így naprakészen haladok az osztállyal. Sőt, néha előre is dolgozom.

Tessék elképzelni, egyetlen egy négyesem van csak. Azt mondta Márti néni, ha így haladok, kitűnő is lehetek. Olyan büszkén mondta ezt Marcsi, hogy melegség öntötte el a szívemet.

-Milyen a viszony kettőtök között Csillával? – kérdeztem.

-Az elején irígy voltam rá. Arra, hogy ő jár, fut, sportol, én meg nem. Nagyon sokat beszéltünk erről anyáékkal. Apa felvette nekem DVD-re, hogy nézzem meg, hogyan lehet sportolni tolókocsiban, és hogy merítsek erőt a látottakból. Válasszak sportot, és ők elvisznek megnézni, kipróbálni. Ez így is történt, most aktív sportoló vagyok. Szeretnék kijutni a paraolimpiára is.

Mióta sportolok, rendszeresen járok gyógytornára is, felcsillant a remény, hogy talán újra járhatok. Azt mondta az orvos, hogy megindult egy olyan folyamat nálam, ami erre enged következtetni. Most apa felvette a kapcsolatot egy amerikai gerincspecialistával. Áprilisban utazunk ki hozzá. Kinn élő magyaroktól kaptunk segítséget. A nagymama sajnos meghalt. Eladtuk a lakását, és így fedezzük a költségeket. Sokat várok ettől az úttól – mondta Marcsi. Remélem, Isten segít ebben.

- Marcsi, a családod hisz Istenben, úgy tapasztalom.

- Igen – válaszolta.

Nem vagyunk nagy templomba-járók, de Húsvétkor, Karácsonykor, és amikor szükségét érezzük, elmegyünk Isten házába imádkozni. Hálát adunk azért, hogy erőt ad nekünk a nehéz helyzetben, és segít minket a céljaink elérésében.

Én is imádkozom esténként, és megköszönöm neki, hogy ilyen családot adott nekem. Kérem őt, bocsássa meg nekem, hogy a felelőtlenségem miatt, mert nem kötöttem be magam, ilyen helyzetbe sodortam magam és a családom, és segítsen kilábalni ebből a helyzetből.

- Mennyire okolod magad a történtekért? – kérdezem.

- Az elején nagyon, de sokat beszéltünk erről a szüleimmel, most, már ha beszélek róla, akkor sem bánt lelkileg. Azt mondta apa, a „Ha" szó, ami arra utal, hogy „Ha" bekötöttem volna magam, akkor… nem biztos, hogy segített volna. Nem tudhatjuk. Ez így történt, így fogadjuk el.

Mindig előrefele nézünk, és ne hátra!

Nem tudom, apa honnan meríti ezt a sok erőt, de ha ő nem úgy áll a dolgokhoz, szerintem szétesett volna a családunk. Ezzel szemben olyan erős az összetartás közöttünk, hogy szerintem példa lehet mindenkinek.

- Most 12 évesek vagytok. Szerinted a kamaszkor hogyan jelenik meg nálatok? – kérdeztem.

- Sehogyan – válaszolta.

- Olyan elfoglaltak vagyunk, hogy erre nincs időnk.

- Nem is foglalkozunk ezzel.

Mindig vannak céljaink, amit el szeretnénk érni. Sportolunk mindketten, örülünk egymás sikereinek. Zenélünk. Csilla szintin játszik. Nagyon szereti a zenét. A pincében anyáék helyet csináltak, és három társával zenekart alakítottak – ott zenélnek.

Az a céljuk, hogy rendezvényeken lépjenek fel, és pénzt keressenek, most erre tanulják a dalokat.

Én is játszom, klarinéton és gitáron. Azt mondták, bármikor bevesznek a zenekarba, ha akarom.

Nekem most a legfontosabb az amerikai út, és a gyógyulás. Mindent e mögé helyezek. Szerintem sok fiatalnál az a baj, nincsenek céljaik, amiért dolgozzanak, akár így, akár úgy.

Nem sportolnak, ami levezeti a felesleges energiát. Nincs olyan jó családjuk, mint nekem, akikkel mindent megbeszélhetnek, mint én. Nekem mákom van, az, biztos, de azt is tudom, hogy ezt kinek köszönhetem. Mindig hálás leszek ezért.

Ez a család példa arra, hogy soha ne adjuk fel. Ne kezdjünk önsajnálkozásba. Könnyebb homokba dugni a fejünket, alkoholba menekülni, mint az adott helyzetnek megfelelően felállítani egy elérendő célt, és mindent megtenni azért, hogy az megvalósuljon. Ezer példa van arra, hogy súlyosan beteg emberek meggyógyulnak, mert hisznek a felépülésükben.

Írói gondolatok:

A kamaszkor nehézségei? Egyre több arra utaló jel van, hogy talán mi, szülők fújjuk ezt fel. Lehet, hogy tudatosan kellene erre felkészülni.

Egy kérdés.

- Önök szerint, helyes kis kortól rászoktatni a gyereket, hogy a hétvégét osztálytársainál töltse úgy, hogy ott alszik? Kamasz korára ez természetessé válik. Sajnos nem egy esetről hallottam, hogy a szülő korainak tartja az éjszakai buliba járást. Nem engedi.

- Ott a megszokott lehetőség. Elkérezkedik a barátnőhöz, és az egész éjszakát egy szórakozó helyen tölti. Megkerülve a szülőt. Még arra is figyel, hogy nem a saját ruhájába megy el, mert azon érzik a füstszag. A kíváncsiság, az önállósodási vágy, hogy felnőttként viselkedjen, ráviszi a hazugságokra, hogy célját elérje.

Több családnál tapasztaltam, hogy mivel ezt nem engedték, - az éjszakai másnál alvást – a gyerekeknek az volt a természetes, hogy elmegy szórakozni, de aludni haza megy. Így jobban kontrolálható. Mikor és hova engedjük szórakozni? Szintén azt tapasztaltam, hogy az éjszakába semmiképp nem 12-13 éves kortól. Nehéz ezt meghatározni, de igyekezni kell ezt, minél későbbre tenni.

Ezzel szemben engedjünk közös főzést, szalonnasütést a kertben, ha az nincs, vigyük ki őket egy szabad főzőhelyre, s este hozzuk őket haza. Járuljunk hozzá a közös bicikli-túrához, erdei túrához...a „jó fej" szülőket maguk közé engedik a gyerekek. Ki a jó fej?

Kerékpározik a gyerekekkel, letáborozik egy helyen, s azt mondja: „Itt találtok meg, ha segítség szükséges." Mindenki üsse be a telefonszámomat! Este mikor induljunk haza? Jó lesz, ha itt találkozunk? Engedi, hogy szabadon, szülői kontroll nélkül töltsék a napot, bolondozzanak, szórakozzanak. Nem keresi, nem ellenőrzi őket, de mégis ott van a háttérben, ha szükség lenne rá. Számtalan ehhez hasonló megoldást hallottam a szülőktől.

Tamás 22 éves.

Ez a beszélgetés nehezen jött össze, pedig több szülőben indíthat el olyan gondolatot: „Helyesen cselekszem".

Tamással egy parkban ültünk le, egy padra. Gyerekkorától ismerem Őt.

Így amikor elmondtam, milyen céllal írom a könyve, beleegyezett, hogy elmeséli nekem az Ő történetét.

A nehézségeket az időpont egyeztetése jelentette. Mintha a sors nem akarná ezt a találkozót. Mindig valami közbe jött.

Aztán végre eljött a várva várt pillanat.

Tamás mesél és én hallgatom.

Jól tanultam az iskolában. Szabadidőmben társastáncra jártam. Rengeteg lány vett körül. Kevés fiú választja a táncot, így a csajok szinte körbe rajongtak. Mindenki magának szeretett volna partnernek, és persze barátnak is.

Azt mondják, jól nézek ki. Vékony, nyúlánk fiú vagyok. Jó a megjelenésem, a mozgásom…stb. Még sincs barátnőm – csodálkozott rajta a környezetem. Jöttek-mentek a lányok, sok barátom lett közülük, de nem partnerem.

Már gyerekkoromban észrevettem, hogy valami nem stimmel nálam. A 12 éves osztálytársaim szinte csak a csajok körül és a szex körül forogtak. Bennem semmi, de semmi vágy nem volt, ha a szexről beszéltünk, vagy olvastam róla. Amikor meg pornófilmet néztünk, közömbösek voltak a nők nagy mellei…a popójuk, ahogy mozgott, a kéjes enyelgések sem hatottak rám.

Azt vettem észre, hogy inkább megakad a szemem a fiúk kisportolt testén. Szinte izgalomba jöttem, ha a pornófilmben egy jó testfelépítésű fiút mutatott a kamera. Amikor merevedésem lett a látványtól, megijedtem. Meleg vagyok – forgott folyamatosan az agyamban. Ezt nem mondhattam el senkinek. Nem tudhatják meg. Szinte belebetegedtem. Levert, étvágytalan, kialvatlan, fáradt voltam. Feltűnt a szüleimnek. Kérdezgettek, hogy mi van velem. Hogy mondhatnám el nekik? Az apám régi vágású ember. Hogy fogadná? Édesanyám lehet, összeomlana. Nem tehetem ennek ki őket. Úgy döntöttem, járok valakivel. Felszedek egy lányt, így nem veszi észre a környezetem. Aztán belegondoltam, olyan erőszakosak a mai lányok. Nagyon hamar elvárják a szexuális együttlétet. Mit csinálok, ha nem megy, és lebőgök a lány előtt? Ez talán rossz elképzelés – forgott az agyamban.

Végül belevetettem magam a tanulásba. Mivel rengeteg műszaki rajzott kellett készíteni, az elfoglaltságomra hivatkoztam, hogy azért nem járok senkivel. Azt mondtam, ráérek még, nem maradok le semmiről. Így békén hagyott a család, a rokonság.

Teltek az évek. Az iskola után felkerültem Pestre, anyával kerestünk albérletet. Tágas, aránylag olcsó, és a sulihoz közelit találtunk. Az egyetemen vegyes csoportunk volt, de a fiúk voltak többen. Az első hónapok az ismerkedésről szóltak. Bele kellett rázódnom az egyetemi életbe. Általában két óra között összeálltunk, beszélgettünk. Volt egy srác, aki már az elején feltűnt nekem. Elhessegettem magamtól még a gondolatát is, hogy ő meg én. Az élet iróniája, vagy talán a sors akarta így, de gyakran mellém szegődött.

Egy hónap múlva már délutáni közös sportprogramokat is szerveztünk. Aztán egyik este elvitt engem egy bárba. Azt mondta, reméli, meg fogom érteni őt, és nem szakad meg a barátságunk. Egy kő esett le a szívemről, amikor egy melegek klubjában találtam magam. Kertelés nélkül mondta nekem: „Meleg vagyok." Hirtelen olyan kimondhatatlan öröm volt ez számomra, hogy felé fordultam, megfogtam a vállát, és azt mondtam: „Én is."

Életem legboldogabb estéje volt, és a legboldogabb éjszakája. Most már ennek fényében szerveztük az életünket. Pár hónap múlva úgy terveztük, hogy a szülőkkel közlünk mindent, és összeköltözünk.

Én anyának mondtam el először. Ő higgadtan végig hallgatott, és ennyit mondott: „Szeretlek, és ezen semmi nem változtat."

Annyit kérek tőled, hogy apáddal én beszéljek először, aztán te. Szólni fogok, mikor lehet.

Visszamentem Pestre hétfőn reggel. Anya két hét múlva szólt, hogy vasárnap várnak minket a barátommal ebédre. A húgomtól tudom, hogy apa üvöltve zokogott, amikor megtudta. Két napig szólni sem lehetett hozzá. Aztán azt mondta anyának: „Nem tehet róla szegény gyerek, az én nagybátyám is meleg. Sajnos ezt kapta örökségül az én családomtól."

Azóta is bántja, hogy miért pont ezt kellett örököljem tőle. Amikor haza mentünk, nem esett szó rólunk. A szüleim úgy viselkedtek, mint máskor. Visszautazáskor anya kérdezte: „Akkor összeköltöztök?" Mi elmondtuk, hogy a napokban tervezzük. Azóta minden hónapban egyszer hazamegyünk, szeretetben és kiegyensúlyozottan élünk. Köszönöm ezt a szüleimnek. A barátomat a nagymamája nevelte. Ő gyerekkorától tudta, hogy az unokája a fiúkat szereti. Szegényt nem rég temettük el. Áldott jó lélek volt, Isten nyugosztalja. Amíg élt, szívesen jártunk hozzá haza.

Tamás édesanyját jól ismerem. Nem terveztem vele beszélgetést, de ő ajánlkozott.

Szerintem sok szülő kerül ilyen helyzetbe, és nem biztos, hogy jól reagálják le. Nálunk az idő azt igazolta, hogy helyesen döntöttünk. Soha meg nem fordult a fejemben, hogy Tamás meleg. Egyszerűen nem vettem észre. Utólag visszagondolva, voltak erre utaló jelek, de annyira elképzelhetetlen volt ez a dolog, és éppen ezért nagyon rosszul esett. Nem tartjuk a kapcsolatot a férjem nagybátyjával. Nem gondoltam soha arra, hogy ezt is örökölheti a gyerekünk.

Karcsi (a férj) őrjöngött, jobb hogy a gyerek nem hallotta, milyen mondatok hagyták el az ajkát. Szerintem kettejük kapcsolata örökre megromlott volna. Karcsinak idő kell, hogy megeméssze a dolgokat. Hirtelen, meggondolatlanul ontja magából azt, amit éppen érez, aztán megbánja. Bennem is sok sebet ejtett éppen ezért, és hiába tudom, hogy ő ilyen, mégis tüskeként megmaradt bennem minden kitörölhetetlenül. Visszatérve Tamásra, ez az ő élete, ha így neki jó, akkor nekünk ezt kel elfogadni. Mi más lehetne a legfontosabb, mint őt boldognak látni.

Ez a gondolkodási mód, példaértékű lehet mindenki számára, akinek akinek a gyerekéről kiderül, hogy a saját nemét szereti.

Kedves Szülők! A mi vérünkről van szó. Szeressük és fogadjuk el Őt, úgy ahogy van.

Abban segítsünk Neki, hogy megtalálja helyét az életben és kiegyensúlyozott, tartalmas életet tudjon élni.

Egy szülőnek az legyen a legfontosabb, hogy a gyerekét boldognak lássa!

Niki 21 éves

Nikivel a barátnőm hozott össze. Ő jól ismerte a családot, így Ő közvetített kettőnk között.
Nála zajlott a beszélgetés is, persze Ő nem volt jelen.
Niki előtt nagyon.... (itt kapcsolódik össze, ezért kisbetűs a nagyon szó!)

Nagyon nehezen lepleztem, mennyire sajnálom őt, hogy így alakultak a dolgai. 12 évesen már kiválóan beszéltem az angol nyelvet. Könnyen tanultam a szavakat, kifejezéseket, mert érdekelt. A suliban kértem az angol tanárnőt, beszélgessen velem angolul. Nagyon büszke voltam magamra. Dagadt a mellem, amikor a többiek irigykedését láttam, mert én társalgok a tanárnővel. Egyre többet tanultam, a végén már angolul írt könyveket olvastam. A faluban, ahol éltek még ez is beszédtéma lett. A szüleim előbb büszkék voltak, aztán zavarta őket, hogy velünk foglalkoznak az emberek.
A középiskolába könnyen bekerültem. Nem akartam, nap, mint nap haza buszozgatni, ezért kollégista lettem. Az első 2 év zökkenőmentesen telt. Aztán a 16. születésnapomat együtt ünnepeltem a barátnőmmel náluk, mert egy hét van a születésünk között. Márti bátyja egyetemista, és két barátjával egy kis időre beugrottak megnézni, hogyan bulizunk. Lim – ez volt a beceneve egy izraeli srácnak, ahogy belépett és felém fordult, szinte megbabonázott. Mikor felköszöntött és megpuszilta az arcomat

libabőrös lettem, és zavartan alig tudtam egy köszönömöt kinyögni.

A barátnőm sietett segítségemre, és mondta Limnek, hogy nyugodtan beszélhet velem angolul, mert eléggé törte még a magyart.

A beszélgetés nehezen indult, de úgy belemelegedtünk, hogy az egész bulin ott maradt. Kiváltunk a társaságból, félrehúzódtunk egy sarokba, és csak beszéltünk és beszéltünk...Úgy elrepült az idő, hogy észre sem vettük.

Búcsúzáskor megkérdezte, felhívhat-e holnap?

Örömmel mondtam igent.

Szerintem ez szerelem volt első látásra. Még hogy nincs ilyen, a saját bőrömön tapasztaltam.

Egy hónap múlva már majdnem minden délutánt együtt töltöttünk. 4 év korkülönbség volt köztünk. Ez abban nyilvánult meg, hogy kért, ne hanyagoljam el a tanulást. Igyekeztem szót fogadni, de amikor a könyvből tanultam, azon kaptam magam, hogy róla álmodozom. A gondolataim mindig körülötte forogtak.

A szüleimnek is feltűnt a nagy boldogságom, és persze az is, hogy becsúszott néhány rossz jegy.

Aztán egyik hétvégén elmondtam, hogy szerelmes vagyok, és hogy Lim izraeli fiú. Édesapám egyáltalán nem örült neki. Sok rosszat hallott már az ilyen kapcsolatokról.

-Annyira más a két kultúra. Annak a népnek a hite, vallása nem egyeztethető a miénkkel össze – mondta édesapám.

Kértem, csak nézzék meg, beszéljenek vele, aztán ítélkezzenek. Következő hétvégén haza mentünk.

Anya finom ebédet főzött, gyönyörűen megterített, ahogy vendégfogadáskor illik.

Lim feszült volt, mivel elég nehezen fejezte ki magát még magyarul.

Édesapám elég hallgatagon ült. Anya és én beszélgettünk Lim-mel.

Lim ezt észrevette és felé fordulva, tört magyarsággal azt mondta:

Szeret engem, és neki feleségnek kellek. Ő komoly, nem szélhámos.

Egy szóval sem említette nekem, hogy ilyet akar mondani a szüleimnek. Igaz, nagyon jó volt hallanom, de lebeszéltem volna róla.

16 éves múltam. Szüleim egy szem gyermeke vagyok. Ezt nagyon nem kellett volna mondania. Szegény ezzel azt szerette volna tudatni a szüleimmel, hogy ő nem csak szórakozik velem – magyarázta nekem – később.

Édesapámnak kitágult a szeme, vörös lett, biztos az égig szökött a vérnyomása. Már nyílt az ajka – én a legrosszabbra felkészültem – aztán annyit mondott: „Örül neki". Én jól ismertem, ezért tudtam, micsoda önfegyelem kellett ahhoz, hogy ennyit mondjon, és ne azt, hogy mit képzelünk: 16 éves vagyok, még gyerek. Hol van még a házasság? Tanulnom kell. Állatorvos szeretnék lenni. Ő az első fiú az életemben. Jobb lenne, ha visszamenne oda, ahonnan jött, engem békén hagyna. És így tovább.

Hála a jó égnek, ez nem hangzott el, az édesapámban maradt, a többivel együtt, amit nem mondott ki.

Ő az a típusú ember volt, aki mindent magában tartott, sok mindenért emésztette magát. Alacsony, vékony, törékeny ember volt. Ha rossz fát tettem a tűzre, remegett a szája, hogy mit gondolhatott, soha nem tudtam meg, mert nem kiabált, csak fojtott hangon a jóra kért.

Édesanyám és közte soha nem hangzott el egy hangos szó sem.

Talán jobb lett volna, ha kiabál, nyakon csap, kiadja a haragját. Lehet, a mai napig is élne.

Aztán elnézést kérve felállt az asztaltól, és kiment az udvarra.

Lim az egészből csak azt vette le, hogy ő megnyugtatta a magyar szülőket, hogy nem komolytalan ember külföldi létére.

Kíváncsi voltam, ki segített neki, hogy magyar szavakkal meg tudja fogalmazni a mondandóját.

Mint kiderült, kiszótározta, és a barátnőm igazította ki a szöveget.

Teltek a hónapok, egyre jobban szerettük egymást.

Elég gyakran hazajött velem, de édesapám sehogy nem tudta megemészteni, hogy izraeli fiú a barátom. Befejeződött a tanév, és ő azzal a kéréssel fordult szüleimhez, hogy engedjenek ki egy hétre Izraelbe, mert be szeretne mutatni a szüleinek. Kíváncsiak a szülők, ki az, aki miatt egész nyáron nem akar hazamenni.

Édesapám hallani sem akart róla. Édesanyám se igent, se nemet, nem, mert mondani. Utólag tudtam meg, látta, milyen elvakultan szeretem Limet, nem akarta, hogy választás elé álljak, Lim vagy ők.

Végül nagy nehezen elengedtek. Az útiköltségeket nem engedte Lim, hogy fizessük, ez az ő ajándéka nekem – mondta.

Kifaggattam az utazás előtt minden ottani szokásról. Szerettem volna legjobb benyomást kelteni a szüleiben. Csodálatos egy hetet töltöttünk Izraelben.

A szülei – tanáremberek lévén – haladó gondolkodású, és nagyon kedves emberek. Megszerettem őket, s szerintem ez kölcsönös volt. Éreztem, amikor megtudták, hogy fiúk az első férfi az életemben, még a nagymamával is közölték, a kevés héber szó, amit tudok elég volt ahhoz, hogy megértsem.

Nagyon jól éreztem magam Izraelben, de nem mondtam Limnek, hogy ott nem tudnék élni semmi szín alatt sem.

Amikor haza jöttünk, boldogan, meséltem a szüleimnek, milyen kedvesek a Lim szülei., Ő a nyarat nálunk töltötte. Részt vett a kerti munkákban, a szőlőművelésből is kivette részét. Rengeteg új dolgot tanult ezen a nyáron. Egy dolgot még sem sikerült elérnie, hogy édesapám elfogadja teljes szívéből. Eltelt egy év, édesapámat kitették a munkahelyéről, létszámleépítés miatt. Csendes ember lévén, ő csak a munkáját végezte, nem emelte fel soha a szavát. Nem volt, seggnyaló, se talpnyaló. Így az elsők között menesztették. Soha nem tudta ezt feldolgozni. El kezdett inni, de csak mértékkel. Néha spicces állapotában: szó szerint sírt, és azt hajtogatta: miért pont vele történik mindez? A lánya egy külföldit választott. A munkahelyén olyan embert hagytak dolgozni, aki fele úgy nem végezte el a munkáját, mint ő. A falu is a szájára vett bennünket, rólunk suttogtak. Ezt persze még nehezebben viselte.

Én a nagy szerelemben nem vettem észre, hogy segítségre szorul. Ami az utolsó lökés volt, az Lim számlájára írható. Tudtomon kívül azt mondta édesapámnak, hogy szeretné, ha jövőre, amikor betöltöm a 18. évet összeházasodnánk, és szeretné, ha itt is és Izraelben is élnénk.

Utólag azon rágódom, miért nem mondtam neki az izraeli egy hét után, amit éreztem: „nagyon szép és jó volt, de ott élni nem szeretnék". Lehet, akkor minden másként történik.

Amit felróhatok még neki, két ízben nem beszélte meg velem, amit szeretne közölni a szüleimmel. Talán a sors akarta így, de nem mondta el nekem, amit édesapámnak mondott, mert hazautazott egy pár napra, valami rokon temetésére Izraelbe.

Soha nem felejtem el, szerda délután volt, már esteledett. Anya hívott. Amikor felvettem a telefont csak sírt, nem tudott megszólalni.

- Mi a baj anya? Mi a baj? – kérdeztem. Éreztem, valami szörnyűség történt.

-„Apád meghalt" – mondta, és zokogott tovább. „Gyere haza, ne kérdezz semmit!"

Nem tudom, hogyan szedtem össze magam. Olyan voltam, mint aki nem normális. A barátnőm tesója vitt haza. Nem beszéltünk, kitett a házunk előtt és elköszönt. Annyit mondott:

-Hívj, ha bármiben segítségedre lehetünk.

Megtudtam,hogy mi történt.

Anya 4-ig dolgozott, bevásárolt, hazajött. Apa nem várta, mint máskor. Így elkezdte végezni a dolgát. Lement a hátsó udvarra a tyúkólba összeszedni a tojásokat. A ló nyugtalanul viselkedett, ezért elindult megnézni. Hirtelen rossz érzés fogta el. Mintha valami külső erő irányította volna a tekintetét a csűr felé.

Apa ott volt a csűrben, felakasztotta magát.

Amit akkor átélt, Istenem, csak elképzelni tudom.

Rohant a szomszédba segítségért, de már rég halott volt, nem lehetett megmenteni.

A temetés és az azt követő időszak nagyon szomorúan telt. Kerestük a magyarázatot, próbáltuk összerakni a történteket. A falu ismét rólunk pletykált. Mindenki azt rebesgette, hogy miattam halt meg az édesapám, az én külföldi kapcsolatom miatt. Rettentő nehezen viseltem a dolgokat. Még, mindig nehéz róla beszélni, pedig már három év telt el. Limmel kapcsolatban tiszta vizet öntöttem a pohárba. Felróttam neki, hogy nem közölte velem azt, mit akar mondani édesapámnak. Ezen most először jól össze is vesztünk. Kicsit úgy érezte, őt okolom édesapám haláláért. Az, hogy nem szeretnék Izraelbe élni, nagyon rosszul esett neki. A kisféreg beköltözött a kapcsolatunkba, és csak rágta, rágta...

Már két éve szétváltak útjaink. Talán jobb is így, be kellett látnunk, hogy nem vagyunk egymáshoz valók. Nem régen házasodtunk össze az új barátommal. Ő állatorvos. Én is az leszek.

Miért alakult így az életem, nem tudom. Most minden rendben van, öthónapos terhes vagyok.

Alig várjuk kisfiúnk megszületését. Milyen jó lett volna, ha édesapám is osztozna ebben az örömben. Talán ha többet beszélünk az érzéseinkről, nyitottabbak vagyunk egymással. Ki merjük mondani, amit gondolunk, minden másként történik.

Abban biztos vagyok, hogy az én gyerekem úgy nő fel, hogy mindent meg tudjunk beszélni vele.

Nem szeretnék hozzáfűzni semmit, Niki mindent megfogalmazott. A talán, volna, az akkor,..... soha nem tudjuk meg, milyen irányba fordította volna sorsukat. Jobbra, vagy rosszabbra?

Ibolya 17 éves

Beszélgetésünk attól különleges, hogy Ibolya kétéves kislánya is velünk van. Képzeljenek el kedves olvasóim egy fekete, göndör hajú, fekete szemű, hatalmas szempillákkal rám mosolygó kisgyereket. Nehéz lesz Ibolyára figyelnem, mert szívem szerint a kezembe kapnám azt a gyönyörű gyereket, játszanék vele, megnevettetném, hogy halljam, milyen csilingelő a kacagása.

Ibolya csendes, halk szavú, visszahúzódó lánynak látszik. Előbb a szüleiről kérdezgettem, aztán a kisbaba apukájáról. Szerettem volna, ha kirajzolódik előttem, hogy miért szül egy 14 éves gyerek gyereket.

Édesapja nem tartja vele a kapcsolatot.

18 éves volt, mikor ő született, két évig élt édesanyjával, aztán elhagyta őket. Félve kérdezem meg, és édesanyád hány évesen szült meg téged? 15, hangzik a válasz.

Mesélj a gyerekkorodról – kértem. Egy pillanat, mondta. Elővett egy homokozó készletet a szatyrából, és a kicsit letette az öléből a földre. Nagyon szeret itt játszani, mondta. Így könnyebb lesz beszélgetni.

Kiskoromban a nagymamámnál voltam. Anyám sokszor megfeledkezett arról, hogy van egy gyereke. Születésedtől van ez így? Majdnem három hónapos koromban lelépett egy fiúval, engem anyókára hagyott. Így hívtam a nagymamát, és az apámra. Ezt nem értem. Pedig egyszerű. A nagyszüleim megengedték, hogy apám odaköltözzön anyámhoz, mikor megszülettem. Mindketten gyerekek voltak. Anyám 14 évesen esett teherbe, apám ekkor volt 17 éves. Nem élt együtt a szüleivel, akik alkoholisták voltak. Ott hagyta őket. Anyámmal egy diszkóban jöttek össze, egyéjszakás kalandból fogantam.

- Tehát születésedtől együtt lakott anyukád, apukád az anyukád szüleinél?

- Igen. Apám a nagyapámmal dolgozott reggeltől estig, hogy a családnak legyen mit enni. Édesanyád? Napközben azzal az indokkal, hogy elszalad a boltba, nekem vesz ruhát. Három-négy óra hosszat volt távol. Anyóka az elején nem szólt róla senkinek. Három hónapos voltam – egy hazugsággal megint elment, anyóka nem tudott parancsolni neki – csak hogy este, mire apám és nagyapám hazajött, nem jött vissza.

Nagy balhé lett. Anyóka kénytelen volt mindent elmondani. Nagyapám annyira feldühösödött anyóka titkolózásán, tehetetlenségén, hogy csúnyán megverte őt. Apám alig tudta lecsendesíteni nagyapámat, aki anyókát okolta, amiért anyám időnap előtt terhes lett, s amiért anyóka ragaszkodott ahhoz, hogy anyám megszüljön engem.

Egy hétig nem hiányoztam neki, nem is hallottunk róla. Apámban volt annyi kurázsi, hogy kitartott mellettem, és várta haza az én csavargó anyámat. 10 nap múlva hazajött. Anyóka örült, hogy látja. Nagyapám lehordta mindennek két pofon után. Apámnak, hogy mit mondott, mit nem anyám, azóta sem mondta el, de két évig kitartott anyám mellett, pedig több ilyen kiruccanása volt.

Aztán elköszönt és külföldre ment dolgozni. Néha meglátogatott, de aztán ezek is elmaradtak.

Az a hír járta, hogy családot alapított, és Ausztriában él. Anyám, ahogy idősebb lett, talán felelősségteljesebb is. Akkor változott meg minden, amikor anyóka rákban meghalt, és anyám nagyapámmal és velem maradt. A szomszéd Gizike nénitől tudom mindezt, ő bejáratos volt hozzánk. Nyitott könyv volt előtte a családunk élete. Anyóka, amíg élt, gyakran panaszkodott neki.

Anyám egy év múlva összeköltözött egy nála 6 évvel idősebb férfival, és azóta is együtt élnek.

Rendes ember, nem mondhatok rá semmi rosszat. Soha nem akart engem nevelni, és bele sem szólt az életembe. Az általános iskolát elég gyenge eredménnyel végeztem. Anyám közben szült egy gyereket. Lett egy féltestvérem, Gábor. Ettől kezdve csak ő létezett a családban. Csúnya ilyet mondani, de én úgy éreztem, és a mai napig is így gondolom, hogy anyám soha nem szeretett engem. Anyóka rosszul döntött, amikor anyámra rákényszerítette, hogy engem megszüljön. Annyira gyerek volt, nem tudta milyen felelősség egy kisbaba felnevelése.

Olyan furcsa volt ezt egy 17 éves „gyerektől" hallani. Úgy beszélt, mintha komoly élettapasztalattal rendelkezne.

- Bocsáss meg, de úgy beszélsz, mintha nem is 17 éves lennél. Mesélj, kérlek a te gyerek-vállalásodról!

- Alig múltam 10 éves, megjött a mensesem. Elég hamar, és elég nagy cicijeim lettek. 14 évesen mindenki azt hitte, hogy 18 vagyok. Így történt ez a párommal is. Nyári munkát vállaltam, hogy legyen plusz pénzem ruhák vásárlására. Ekkor ismerkedtem meg Misivel, ő 8 évvel idősebb nálam.

Amikor megtudta, hogy 14 múltam, azt mondta, ő nem szeretne börtönbe kerülni kiskorú megrontásáért, hagyjuk egymást békén, de a szívnek, az érzelmeknek nem lehetett parancsolni. Az édesanyja, amikor megtudta, hogy fia egy roma lányt szeret, nem repesett az örömtől.

Mára ez megváltozott. Imádja az unokáját, és úgy érzem, engem is elfogadott. Több kedvességet kaptam tőle ez alatt a pár év alatt, mint anyámtól egész életemben.

Nekem legfontosabb a család. Misivel boldogok vagyunk. A szülei felajánlották, hogy lakjunk náluk, de mi szeretnénk a saját életünket külön élni. Albérletbe lakunk. Misinek jól fizető munkája van, építkezéseken dolgozik. Jó szakember, becsületes és megbízható. Akár hova is változik a világ, az ilyen embereket, mindenhol megbecsülik. Elvégeztem egy műkörmös gyorstalpalót. Előbb az ismerősi körben kezdtem dolgozni. Igyekszem a legjobb munkát kiadni a kezemből.

Misi azt mondta „Meglátod a legjobb reklám, ha a megelégedett kuncsaftod ajánl másoknak." Ez így is lett. A kicsi mellett be tudok pótolni a konyhapénzbe. Anyósom mindig vásárol nekünk, húsféleségeket hoz, mert apósom hentes. Így olcsóbban hozzájut mindenhez. Nagy segítség ez nekünk, mert az ételre költ az ember legtöbbet.

Nagyon sokszor a kicsin a szeme.

- Lassan haza kell mennünk. Le kell fektetnem a kicsit, meg négy órára vendégem jön. Találkozzunk holnap ugyan itt.

- Nem tudom, mi újat tudhatok még meg, de megköszönöm, hogy időt szakít rám.

Másnap a megszokott helyen vártam.

- Nagyon egyszerűen és szépen öltözöl, és a kicsi is tiszta, rendezett.

- Minden ruhánk a turkálóból van. Nem tudnám megfizetni az újat.

Különben meg onnan is az ember ízlésének megfelelőt keresi ki, és olcsón – mondta, mikor újra találkoztunk.

Nem volt túl korai a gyerekvállalás? Nem tudtok szórakozni. Nem hiányzik a társaság, a bulizás? A roma családoknál nem számít korainak. Mi vártunk volna még egy kicsit. A sors nem így akarta. Úgy látszik, ha rám néz Misi, már attól terhes leszek. Ezért most már gyógyszert szedek.

Nem bántuk meg, rá kell csak nézni, annyira imádni való teremtés. Misivel sokat beszélgettünk az életünkről, a jövőnkről. Én két dolgot tudok. Szeretetben szeretném felnevelni a gyerekünket, érezze, hogy szeretem, és mindent megteszek érte. A másik, betartom azt az íratlan szabályt, hogy egy kapcsolat csak akkor működik jól, ha a felmerülő problémákat őszintén megbeszéljük egymással. Misivel nagyon szeretjük egymást, és imádjuk a gyerekünket.

Azt mondta nekem egy ismerősöm: „A szórakozásnak, kikapcsolódásnak több módja van. Gyerekkel is ugyan úgy lehet. Minden nézőpont kérdése."

Misi hétvégére, amikor jó idő van, mindig kitalál valamit. Bedobunk egy hátizsákba két váltás ruhát, a babának játékot. Főzök teát, készítek szendvicset.

Anyósomék szívesen kölcsön adják a kocsit. Most Aggtelek a cél, megnézzük a cseppkőbarlangot.

A baba oda jött hozzánk, a kis kezében homok volt. Nyúlt a kezem után. A tenyerembe szórta.

-Gyere! – mondta, persze selypítve. Felálltunk az édesanyjával és követtük. Mindketten letérdeltünk a homokba, és el kezdtünk játszani a csöppséggel.

Eszembe jutott, amikor ugyanezt tettem a gyerekeimmel.

Azóta is időnként összefutunk, beszélgetünk egy jót, aztán mindenki éli az életét tovább.

Margit 20 éves múlt

Margittal az egyetemen találkoztam. Egyedül ült, félre vonulva a többiektől. Amikor megszólítottam, szinte biztosra vettem, hogy Ő nem lesz a beszélgető partnerem.

Tévedtem. Döntsék el Önök, hogy milyen lényeges dologra mutat rá ez a történet.

Én örülök neki, hogy bizalmába fogadott. Egy hónap is eltelt, mire leültünk beszélgetni. Amikor elmondtam Neki, hogy mi zajlott le bennem, amikor megszólítottam, csak nevetett rajta.

Ha visszagondolok - kezdte a beszélgetést - elég furcsán gondolkodtam. Még a nevemmel sem voltam kibékülve. Margit!! Micsoda pocsék név. Középiskolás koromban kiharcoltam, hogy Mérinek hívjanak, csak simán, ahogy ejtjük. Tetszik tudni, új iskola, új közösség, miért ne lehetnék én is új névvel megismerve – gondoltam. Így aztán azt hazudtam, hogy az általánosban Mérinek becéztek a barátaim. Az igazság az, hogy egyetlen barátnőm volt, de őt is bajba sodortam. Eltiltották tőlem a szülei. Ma mindenki Margónak hív, már kibékültem a nevemmel, a sorsommal, de akkor így gondoltam, azért cselekedtem ennek megfelelően.

Talán jobb, ha kezdem az elejétől: Soha nem bocsátom meg szüleimnek, amikor először nem mentem haza, és hazugságokkal etettem őket, nem jártak a dolgok végére, és nem vágtak úgy pofán, hogy megemlegettem volna. Nem büntettek meg, hogy ezért legközelebb nem mehetsz el. Vagy valamit nem tettek, mit tudom én mit.

Akkor nem kerültem volna oda, ahova kerültem. Ha nekem gyerekem lesz ezek után, biztos figyelek rá. Nem engedem 13 évesen buliba, úgy, hogy azt sem tudom, kinél tölti az éjszakát. Le fogom ellenőrizni, hogy igazat mond-e, és ha átmegy, és őszinte, csak akkor bízok meg benne. Persze az én szüleimnek első a karrier, a munka. Megérteném, ha azért lennének folyton a munkahelyen, mert a betevő falatért küzdenének. Apám polgármester-helyettes. Tudom én, hogy ő szeretne a nagyfőnök lenni, ezért folyton eteti, itatja azokat, akiknek számít a szava. Dől a lé hol innen, hol onnan. Én nem kérdeztem soha, hogy miért kapok 10 évesen 10.000 Ft-ot egy hétre uzsi-pénzre, mikor mások csak 1.000-t. Akkor örültem neki. Nem kellett semmire gyűjtenem. Amit kitaláltam, a szüleim megvették. Nem tanultam meg gazdálkodni a pénzzel. Könnyen jött, könnyen ment.

Azt, hogy az apám hajtotta az előrébb jutását, nem is lett volna gond, ha az anyám nem teszi ugyanezt. Jobb lett volna, ha velem törődik, ha már úgy döntött, hogy megszül.

Kiskoromban is nagyinál voltam állandóan, de 7 éves koromban meghalt, pedig nagyon szerettem. Ő törődött velem.

Sokszor gondolok rá – mintha elmélázna egy kicsit – aztán folytatja. Anyám orvos. Állandóan a kórházban volt, hol ügyeletes, hol más helyett vállalt munkát. Szerintem nem szeretett otthon lenni. Szerintem velem sem szeretett lenni. Amikor megcsillant előtte, hogy ő lehet a góré-helyettes, szinte alig találkoztunk.

A bejárónő tette rendbe a ruhámat, takarította a szobámat. Sőt még ő volt, aki megszólított a trehányságomért, pedig neki semmi köze nem volt hozzá, és mégis próbált nevelni a maga módján.

Anyám és apám mintha egymással rivalizáltak volna. Persze lehet, hogy ezt csak beképzelem.

Visszatérve az anyámmal való kapcsolatomra, amikor 11 évesen megjött a havim, Kingának mondtam el először, a barátnőmnek. Vele beszéltem meg. Neki van egy nővére és egy bátyja, így, akarva, akaratlanul képbe volt a dolgokat illetően. Anyámnak majd egy év múlva jutott eszébe, hogy felvilágosítson. Mikor közöltem vele, hogy mikortól van mensesem, megsértődött, hogy nem mondtam neki.

Ezzel csak azt szerettem volna érzékeltetni, hogy ennyire „bensőséges volt a viszony kettőnk között, ennyire sokat tudott rólam az anyám".

Aztán Kinga tesói bulit szerveztek, és ő kikönyörögte tőlük, hogy mi ketten is részt vegyünk rajta. Bár ne tette volna.

Szépen felöltöztem. Kitettem a cickómat is, amennyire lehetett, még nem túl nagyok, de így is fejlettebb voltam, mint az átlag 13 évesek. Persze rávettem egy pólót, hogy az apám nehogy szóvá tegye. Ő volt otthon, amikor indultam Kingáékhoz. Azt mondtam, a hétvégén náluk leszek, majd vasárnap este jövök. A buliról nem beszéltem. Anyámmal már csütörtökön közöltem, hogy most péntek este megyek el Kingáékhoz. Szó nélkül elengedett, épp a számítógép előtt ült. Szerintem nem is figyelt rám. Nem kérdezett, és én nem mondtam neki semmit.

Micsoda ötlet péntek estére tenni egy bulit!

Most már tudom, hogy Kinga szülei vidékre utaztak, és szombat este jöttek haza – ezért volt így. Szóval siettem, el ne késsek. Kingáéknál kisminkeltük magunkat, aztán ittunk egy-egy pohár házi pálinkát. Ehhez jutottunk hozzá. Izgalommal vártuk a buli kezdetét. Egy negyed óra múlva, már kezdett tompulni az agyam. Gondolom, Kinga is ezt érezhette, mert a tesója kérdezte.

- Mit vihogsz, csak nem bevettél valamit?
– Kicsit ittunk – mondtam én.
-Ja. – Figyellek titeket, mondta és aztán ment, és foglalkozott a vendégekkel. Hangosan szólt a zene. Ahogy gyűlt a társaság, mindenki hozott valamit, és az asztalra tette. Főleg ital került oda. Három lány szendvicset készített. Kérték, segítsünk, de mikor az első alkalommal elvágtam a kezem, inkább nem erőltették. Egyre jobb lett a hangulat, koccintgattak, beszélgettek. Aztán jött egy srác, akinek mindenki nagyon örült. Most már tudom, miért. Ő hozta a füves cigiket. Mi nem kaphattunk belőle, ezért elcsórtunk egy üveg piát, és el kezdtünk iszogatni. Roppant jó lett a mi hangulatunk is.

Volt egy srác, aki az első percben, amikor megláttam, megtetszett.

Félrevonulva ült, így vettem a bátorságot, és oda mentem hozzá. Beszélgettünk. Olyan gyorsan telt az idő, és olyan jó volt a társaságában lenni, hogy szinte tudomást sem vettünk a többiekről. Úgy éreztem, hogy valami kölcsönös vonzalom alakult ki kettőnk között. Ő 22 éves volt, én meg 13. Igaz, legalább 16 évesnek néztem ki, külsőleg.

Úgy összejöttünk, hogy másnap is feljött Kingáékhoz, alig ébredtünk fel. Épp takarítottunk, amikor megérkezett. Egész délután egymással beszélgettünk, Kinga meg is kérdezte: „Csak nem belezúgtál?"

Tiltakoztam, pedig ez volt a helyzet. Fülig szerelmes lettem. Másnap délután elköszöntem Kingáéktól, mert 3-kor találkoztunk Balázzsal. Ő albérletben lakott egy mini garzonban, egyedül. Felmentünk hozzá. Szóba került a szex. Bevallottam, hogy csak 13 vagyok, és még nem voltam senkivel.

Megdöbbent a koromon, és azt mondta. Jobb, ha hagyjuk egymást, mert túl fiatal vagyok.

Ezt ő sem gondolta komolyan.

Minden nap 4-ig dolgozott, közben levelezőn végezte az egyetemet. Azt találtam ki, hogy 5-től van edzésem, és akkor találkozhatnánk. Persze erről a szüleimnek nem szólok. Ő ezt nem tartotta helyesnek, azt tanácsolta, jobb, ha megbeszéljük velük, mert nem akar bujkálva, hazugságban élni. Ebben maradtunk.

Vettem a bátorságot, és közöltem a szüleimmel, hogy van egy barátom – szeretnék vele járni, és ő erről szeretne veletek beszélni – mondtam.

A szüleimnek tágra nyílt a szeme.

-Elég határozott fiú lehet, ebben a korban – mondta anyám. Ő úgy gondolta, valamelyik osztálytársamról van szó.

-Igen – válaszoltam.

22 éves, dolgozik, közben egyetemre jár. Ekkor szakadt el a kötél.

-Tessék?! – mondták szinte egyszerre.

-Szó nem lehet róla! 13 éves vagy. Gyerek…és egymást váltogatva mondták és mondták a szüleim, hogy miért nem járhatunk együtt.

Minden elhangzott, amit el lehet képzelni.

Aztán elegem lett. Kiabálni kezdtem.

-Értsétek meg, szeretem és mindenkinél fontosabb nekem! – ordítottam.

Berohantam a szobámba. Bezártam az ajtót és csak sírtam, és sírtam.

Eltelt legalább két óra, amikor apám szólt.

-Gyere, beszéljük meg! – mondta.

-Azt, hogy nem engeditek? Minek?

-Megpróbáljuk megoldani – hallottam a másik oldalról. Végül kimentem.

- Azt beszéltük meg, hogy a hétvégén együtt ebédelünk, hívjam el Balázst is.

-Nehezen telt a hét. Az iskolában azon kaptam magam, hogy a hétvégén rágódom, persze egyből kaptam egy, egyest, amiért nem dolgoztam az osztállyal.

Balázs is izgult, hogy mit szólnak a szüleim. Azok után, ahogyan nekem reagáltak, az együtt járásunk hírére, nem csodáltam.

Szóval eljött a vasárnap. Kicsit megállt Margó, nagy levegőt vett, aztán folytatta.

A szüleim kedvesen fogadták Balázst, természetesen előbb kikérdezték. Mindent tudni akartak róla.

Aztán ráterelődött a szó a kettőnk kapcsolatára.

Apám mintha előadást tartana, el kezdte Balázsnak mondani, hogy miért nem egyeznek bele, hogy együtt járjunk.

Szerintem apám leírta, mit akar mondani, mert semmit nem hagyott ki abból, amit már nekem elmondtak, anyámmal közösen.

A végén már nem is figyeltem, azon gondolkodtam, hogyan oldom meg a dolgot.

Balázs nagyon illedelmes volt, ő végig hallgatta apámat. Annyit mondott, hogy tisztában van vele, hogy csak 13 évet töltöttem be, de szeretjük egymást. Apám azt tanácsolta, várjunk legalább 2 évet, addig kiderül, mennyire komolyak ezek az érzések. Amikor Balázst kikísértem, meg volt a tervem. Mondtam neki, elköltözöm, és vele élek. De ő tiltakozott, és sorolta az ellenérveket; kiskorú vagy, ott az iskola…Nagyon megharagudtam rá, hogy ellenkezett. Köszönés nélkül hagytam ott.

Nagyon elkeseredtem, nem vitáztam én a szüleimmel sem. Nem tettem szemrehányást, amiért nem engednek Balázzsal járni.

Azt kértem a szüleimtől, hogy Kingához engedjenek el, szeretnék vele beszélni. Alig léptem ki az utcára, már hívtam is.

-Ha a szüleim keresnének, nálatok vagyok, persze egyből Balázs lakásához vettem az irányt.

-Amikor ajtót nyitott, zokogva mondtam, hogy szeretem őt, és vele akarok élni. Vigaszalt, simogatott, aztán ott álltunk, amire már rég vártam. Kívántam őt. A testét akartam. Balázs tétovázott, aztán hozott egy tablettát.

-Vedd be, nehogy terhes légy. Ahogy ezt kimondta, fejemben megszületett megoldás. Ha terhes lennék, akkor a gyerek miatt a szüleim nem tilthatnának el egymástól minket. A gondolat itt megállt, pedig jobb lett volna, ha a következményeket jobban átgondolom.

Olyan hirtelen történt minden, eljátszottam, hogy bevettem a tablettát, közben a farmerzsebembe dugtam.

Csodálatos estét töltöttünk együtt. Balázs figyelmes volt velem, annyira jó volt vele, hogy úgy gondoltam, helyesen cselekszem, mert így örökre magamhoz láncolhatom. Megállt a mondat végén, gondolkodott.

-Soha ne gondoljátok így! Önző voltam és meggondolatlan. Nem lehet egy gyereket arra felhasználni, hogy két embert összekössön, úgy hogy az egyik fél nem is tud róla. Ez aljas dolog volt tőlem. Balázs haza kísért, persze úgy, hogy a szüleim meg ne lássanak. Nagyon boldog voltam. Nehezemre esett a szüleim előtt a pókerarcot magamra erőltetni.

Nem beszéltünk sem az ebédről, sem Balázsról.

Hétfő után jött a kedd, szerda, és végül a péntek. Alig vártam, hogy Balázsnál legyek.

Kingáékhoz kéredzkedtem, de el sem mentem hozzájuk.

Balázzsal töltöttem az egész hétvégét. A pirulák ismét a nadrágzsebemben landoltak. A következő hétvégére a szüleim nem engedtek el. Kitaláltam a mozit, persze ismét Kinga volt az alibi.

Sajnos Balázzsal elaludtunk, és már éjjel 1 óra volt, amikor Kinga bátyja dörömbölt az ajtón.

- Hülyék vagytok? A szüleid hívták Kingát, persze ő hazudott érted.

Anya rajta kapta, hogy falazott neked. Így visszahívta édesanyádat, hogy nem voltatok moziba, nem is találkoztatok. Szóval teljesen lebuktál.

Nálunk áll a bál. Apa felképelte Kingát miattad, pedig soha nem bántotta még.

Komoly büntetést kap, szintén miattad. Bajba sodortad.

Jobb, ha azonnal indulsz hazafelé!

Nagyon ideges lettem. Úgy vert a szívem. Féltem hazamenni.

Ami ezután következett, arról jobb nem beszélni.

A szüleim teljesen ki voltak borulva.

Anyám üvöltött velem, persze én sem hagytam magam. Őket okoltam mindenért. Ők kényszerítettek bele a hazugságba, mert nem hagyták, hogy Balázzsal járjak. Anyám úgy pofon vágott, hogy a fülbevaló felhasította a fülemet. Apám ekkor azt mondta:

-Elég! Hagyjátok abba! – ez sehova nem vezet.

Mindhárman ültünk a nappaliban és hallgattunk. Én a könnyeimet törölgettem. Mindennek vége. Nincs tovább. Van értelme az életemnek? Ezek a gondolatok futottak át az agyamon.

Hogyan tovább? Mi lesz most? Miért vagyok ilyen szerencsétlen?

Teljesen el voltam keseredve. Kilátástalannak tűnt minden. Nem volt kedvem harcolni.

-Másnap, mint utólag megtudtam, apám elment Balázshoz, hogy mi zajlott le, mit mondott neki, nem tudom.

Hívtam Balázst, de kinyomott. Egy pár próbálkozás után rá kellett ébredjek, hogy nem akar velem beszélni.

-Ennyi volt, és így van vége?, írtam az sms-t. Szóba se akarsz velem állni? Már nem szeretsz?

-Szeretlek. – jött a válasz. Nagyon is, de jobb, ha egy ideig nem találkozunk.

-Miért? Én nem bírom ki! Szeretlek. Szökjünk el egy másik országba!

Ilyen és ehhez hasonló gyerekes gondolataim voltak.

-Tetszik tudni, ma már látom a hibákat, és sok mindent másként cselekednék, de már semmi nem módosítható – mondta Margó.

-Nem szúrnám el így az életemet.

-Tudod, ha előre tudnánk a jövőt – mondtam, nem is lenne jó.

Kicsit hallgattunk, aztán folytatta.

Azt szokták mondani, minden rossz után jó következik. Nálam nem így történt. A legrosszabb még ezután következett.

-Terhes lettél? – kérdeztem.

-Honnan tetszik tudni?

-Nem volt nehéz kitalálnom – válaszoltam.

-Mai napig nem értem, hogy lehettem ilyen eszetlen? Azzal vígasztalom magam, hogy gyerek voltam és gyerek ésszel gondolkodtam.

Igen, amikor kiderült, megint állt a bál odahaza. Apám azt mondta, lecsukatja Balázst kiskorú megrontásáért. Anyámat okolta, hogy nem figyelt eléggé rám. Szóval mindenki mindenkivel veszekedett. Elviselhetetlen volt odahaza a légkor. Mi legyen?

-Milyen szégyen kiskorúként gyereket szülni. Mindenki erről fog pletykálni – mondta apám.

-Nem szülheti meg! – mondta anyám.

-Titokban kell tartani! Senki nem tudhatja meg! – mondta apám. Az egész életünk felfordulna, minden, amit eddig elértünk, romba dőlne.

- Az, senkit nem érdekel, hogy én mit akarok? – kérdeztem.

Anyám, tőle szokatlan módon csendben, nem kiabálva levezette, hogy mi történik, ha megszülöm a gyereket.

Amikor végig hallgattam, rádöbbentem, mennyire igaza van. Ezekre, a dolgokra én nem gondoltam. Nem tudom, hogy ráérzett, vagy az ösztöne segített, de az utolsó kérdésével teljesen megvilágította, hogy milyen rossz lenne Balázzsal a kapcsolatunk, ha megtudná az igazat.

Megbeszéltétek Balázzsal, hogy gyereket vállaltok, hogy együtt maradjatok? – kérdezte anyám.

-Az én döntésem volt, nem szedtem be a fogamzásgátlókat – válaszoltam.

-Gyerekvállaláshoz két ember döntése szükséges. Mindkettőjüknek akarnia kel, hogy legyen kisbabájuk. Élete végéig ott lesz benne a tüske, hogy becsaptad, és rákényszerítetted magad a babával együtt, ezzel megváltoztattad, az egész életét, úgy hogy ő erről nem tudott.

Mondott még dolgokat, de ez volt a lényege, és ismét be kellett látnom, hogy mennyire igaza van.

- Tetszik tudni, az a gondolat, hogy egy kis élet van bennem, gyerek-ésszel nem azt jelentette, amit most. 20 évesen. Annyira másként gondolok most mindent.

- Szerintem, elfáradt Méri, vagy még nem akart beszélni arról, hogyan alakult tovább a dolgok. Nem tudom, de gyorsan lezárta a beszélgetést.

Anyám elintézte a beavatkozást. Minden a legnagyobb titokban történt. Sehol hivatalosan nem jelent meg, hogy abortuszom volt. Szerintem rengeteg pénzt fizethettek ezért a szüleim. Erről még nem kérdeztem őket.

Balázsról csak Kingától hallottam, mert titokban néha összefutottunk, hiába tiltották el tőlem a szülei. Kinga egy másik városban végzi az egyetemet, így egyre ritkábban találkozhatunk.

Visszatérve Balázsra, ott hagyta az egyetemet, és külföldön dolgozik. Azóta nem láttam. Soha nem tudja meg, min mentem át. Már egy ideje nem hallok róla semmit. Egyre kevesebbet gondolok rá! Azóta nem volt fiú az életemben, bár most elég erősen nyomul az egyik évfolyamtársam. Majd meglátom. Eléggé kitölti az életemet az iskola. Sok a tanulnivaló.

-Szüleiddel mi a helyzet? – kérdeztem.

Az elején még fagyos volt a légkör. Mindhárman elfoglaltságra hivatkoztunk, így keveset beszélgettünk. Szinte kerültük egymást. Ez lassan, de teljesen megváltozott, én is felnőttem, s ennek megfelelően kezelnek a szüleim. Ma már tudunk jókat beszélgetni, egyszer-egyszer a múlt hibáit felemlegetjük, de már nincs éle. Amúgy is beláttuk a hibáinkat, azt szerintem mindhárman tudjuk, mit kellett volna másképpen cselekedni. Egy biztos. Több időt kellett volna egymásra szánni, többet beszélgetni, s talán ha nagyobb lett volna a bizalom. Sok olyan dolgot beszélünk meg most, aminek hiánya akkor, elvezetett az abortuszig. Ha egyszer gyereket szeretnék, ami elég távolinak és valószínűtlennek tűnik, remélem, azért lehet kisbabám, ha mégis úgy döntök? Nem ver meg a sors a ballépésemért. A bűntudat még mindig elég erős bennem. S néha arra gondolok, vajon fiú vagy lány lett volna, és összeszorul a gyomrom.

Csend lett. Hallgattunk mindketten.

-Szóval az élet megy tovább, éljük az életünket ki így, ki úgy – törte meg a csendet Margó.

Pár hónap múlva összefutottunk. Margó kivirágzott. Egy vidám, láthatóan boldog lány állt előttem. Szerelmes vagyok és boldog – mondta. Tetszik tudni, a srác az egyetemről.

- Mit tetszik gondolni, elmerjem mondani őszintén a múltamat neki? – kérdezte.

-Gondolkodtam egy kicsit. Nézd, ha igazán szeret, akkor megérti, és őszinteségért őszinteséget kapsz vissza. Ha ezért elhagy, akkor nem szeret igazán, és jobb, ha most megy el, mint később – válaszoltam.

Pár nap múlva csörgött a telefonom. Margó hívott.

-Jobban szeretjük egymást, mint valaha. Köszönöm – mondta.

Több napig eszembe-eszembe jutott, s mindig melegség öntötte el a szívemet, de jő, hogy így végződött ez a történet!

Emi 24 éves

Szüleit régről ismerem, de csak látásból. Egy közös baráti összejövetelen találkoztam Emmivel is. Szóba került, mivel foglalkozom. Felvetettem neki, hogy szívesen leírnám a fiatalkori élményeit, ami meghatározta az életét pozitív, vagy negatív irányba. Ha tudna nekem segíteni, hogy saját példáján keresztül, a kamaszodó fiataloknak, vagy a kamaszokat nevelő szülőknek, segítséget nyújtson, azt nagyon megköszönném. Ő az első percben beleegyezett.

-Miért is ne. Elég sok hülyeséget csináltam, ami a fiataloknak, talán intő példa lenne, hogy így ne cselekedjenek – mondta.

- Ugye, nem kell felfednem, ki vagyok, hogy a szüleimnek ne okozzak kellemetlenséget, ha valaki rám ismerne.

- Természetesen – nyugtattam meg.

-Egy strandon találkoztunk.

-Kössük össze a kellemest a hasznossal – mondta. Egy félreeső helyen, egy fa árnyékában kezdődött a beszélgetés.

Gyönyörű napsütéses idő volt, talán túl meleg is. Az emberek vagy a medencékben, vagy a körülöttük lévő napernyők alatt zsúfolódtak össze. Hozzánk is elhallatszott a gyerekek hangos zsivaja, ami, a hűsítő vízben egyre, csak fokozódott. Nagy élvezettel ugráltak, visítoztak, élvezték a szórakoztató játékokat.

- Hol is kezdjem? – tette fel a kérdést.

A szüleim szegényen kerültek össze. Én voltam az első gyerek, és kevés idő múlva, megszületett az öcsém is. Anya kevés ideig maradhatott otthon, mert

kellett a pénz, ezért bölcsibe, oviba kerültünk a lehető
leghamarabb. Sokat dolgoztak, aminek meglett a
gyümölcse, saját bérházi lakásunk lett. Igaz, alig volt
bútoruk az elején, de azért a mi kis otthonunk, a mi
kis családunké volt, és ez nagy örömöt jelentett
nekünk.

Nyugodt, kiegyensúlyozott környezetben
nevelkedtünk. Az általános iskolában nem történtek
komoly, említésre méltó dolgok. Akkor változott meg
minden, amikor papa segítségével egy közeli
városban felvettek a középiskolába.

Kollégista lettem, hogy ne kelljen minden nap
utazgatnom. Koedukált osztályba jártam, és a
kollégium is az volt. A jobb szárnyrész a lányoké, bal
a fiúké.

Nem ment könnyen az iskola. Volt olyan tárgy,
amelyből a kettest is alig értem el. Apa olyan
pozícióba került, hogy a cégén keresztül támogatta az
iskolát. Ez is besegített abba, hogy egy gyenge
kettessel átengedjenek.

-Persze nem azért tanultam gyengén, mert nem
volt eszem hozzá, hanem azért, mert a szorgalmam
volt kevés. Na meg a folyamatos programok elvitték
az időmet. A szórakozásról nem is beszélve.
Belekerültem egy olyan társaságba, ami nem volt
szerencsés. Mivel nem volt túl szigorú a kollégiumi
rendszer, így esténként hol itt, hol ott jöttünk össze.
Ittunk, rászoktam a dohányzásra. Egyszer annyira
fejbevágott az ital, hogy azt sem tudtam, fiú vagyok-e
vagy lány. Összehánytam a fotelt, amiben ültem. Elég
sok idő kellett hozzá, hogy vissza tudjak menni a
koliba, persze segítséggel. A portás hapi észrevette,
hogy ittam. Neki azt jelentenie kell a dirinek. El
kezdtem könyörögni, hogy ne tegye, mert a szüleim is

értesülnek róla, és azt nagyon nem szeretném. A sok kérésre rám nézett és kajánul, vigyorogva azt mondta: „Sokba fog ez kerülni neked" és elengedett.

Anikó, a szobatársam lehülyézett, amint betettem a lábam.

- Én nem fogok neked falazni! Rossz úton jársz. Persze nekem semmi közöm hozzá, de ha így folytatod tovább, átkérem magam egy másik szobába!

- Úgy bűzlesz, mint egy borz, csak nem összehánytad magad? – kérdezte. Szó nélkül elmentem a fürdőbe, hogy rendbe hozzam magam.

Reggel másnaposan ébredtem. Rettentően rosszul éreztem magam, szégyenkeztem Ani előtt is, akin látszott, hogy haragszik rám.

Már a suliban voltam, amikor megcsörrent a telefonom. - Hogy vagy? – kérdezte az egyik haverom. A válaszomat meg sem várva rázendítet: Jól telenyomtad magad, úgy eláztál, mint a szivacs. Árpi haragszik rád a fotel miatt. Azt kérte, máskor ne hívjalak el. Nem akar buktát a szülei előtt. Egy fél óráig takarított utánad. Alig tudta kilevegőztetni a szobát, hogy kimenjen a bűz.

-Jól van. Hagyd már! – vágtam közbe. Ezért hívtál, hogy még jobban szégyelljem magam? – kérdeztem.

-Nem, dehogy, csak tudni akartam, minden rendben van-e?

-Minden oké, de azonnal becsengetnek, úgy hogy elköszönök, - tettem le a telcsit.

Nehezen teltek az órák. Unalmasak voltak, így még több időm maradt magammal foglalkozni.

Fájt a fejem, hányingerem volt. Végre eljött a délután. Arra gondoltam, este 6-kor van portásváltás, kerülni fogom Pistát, mert így hívták az éjszakai portást. Olyan 40 körüli hapi lehetett.

-Emi megállt a beszéddel, kortyolt az üdítőből, és aztán folytatta.

Ez nem jött össze, mert üzent Anival, hogy menjek le!

-Mi vagyok én? – postás? – dohogott Anikó. Lementem. Mi a fenét akarhat, csak nem beköpött? – gondoltam.

-Szerencsére nem, de ami következett nem sokkal jobb.

-Holnap meddig vagy? – kérdezte.

-Miért? – néztem rá értetlenül.

-Kettő és három között ráérek, törleszthetnél! Úgy néztem rá, hogy kicsit meglepődött. Kérdően és bosszúsan egyszerre. Mit képzel ez a vén kujon. Én még kiskorú vagyok, csak nem gondolja, hogy lefekszek vele? Az agyamon ilyen, és ehhez hasonló gondolatok futottak át, amikor megszólalt.

-Csak viccelődtem. Hogy vagy kérdezte? – csak ezért hívtalak. Minden rendben?

-Köszönöm jól. – válaszoltam, de az agyam tovább dolgozott. S végül arra az elhatározásra jutottam, hogy ha olyan lettem volna, hogy belemegyek, biztosan szex lett volna a fizetség a hallgatásáért. Gondolom, az a kevés lelkiismerete mégis győzött, amikor látta az arckifejezésemet. Annyiszor eszembe jutott. Hány lány fizethetett természetben a hallgatásáért. Fel kellett volna jelenteni, de nem voltam abban a helyzetben, hogy megtegyem. Elég vaj volt a fülem mögött. Így hallgattam, mint a sír, örültem, hogy megúsztam.

Hétvégén, mintegy jó kislány otthon voltam. Emlékszem, egyszer vendégek jöttek. Apa megkínálta őket rövid itallal. Persze nekem is töltött.

Megfeledkeztem magamról, és ahogy a kezembe adta a kispohár italt egy hajtásra megittam az egészet. Nagyon ciki volt. Apa úgy rám nézett, hogy elszégyelltem magam, de később – szerencsére – nem tért ki rá. Szóval így mentek a dolgok egy darabig, kettős életet éltem. Otthon jó kislány. A suliban éltem az életem. Ittam, csavarogtam, buliztam. Egyik alkalommal este 7 lehetett, épp az egyik barátomnál jöttünk össze, amikor csörgött a telefonom. Anya volt.

-Mi újság drágám? Mivel töltöd az idődet? – hangzott a kérdés.

-Tudod a szokásos, ülök az asztalnál és tanulok. – hazudtam, közben csendre intettem a többieket, nehogy a hangzavar miatt lebukjak.

Nagy csend következett. Rossz érzésem támadt. Ahogy szokták mondani a 7. érzékem azt súgta, valami gáz van.

Végre anya megszólalt. Olyan fájdalmat éreztem a hangjában, hogy a szívemig hatolt.

-Itt vagyunk apáddal a kollégiumi szobádban. Anikó a szobatársad ül az asztalnál és tanul.

-Itt megvárunk. – mondta, és választ nem várva letette a telefont.

Anikóval nem voltunk túl jóban, a kiruccanásaim miatt. Mindig mondta: „Én nem mernék ilyet csinálni. Nem félsz, hogy lebuksz?"

Valahogy ezzel nem foglalkoztam. Olyan jókat dumáltunk, nevettünk, ittunk, táncoltunk. Szerencsére ezek a bulik nem a szexről szóltak. Ez nem mentség, eltitkoltam a szüleim előtt, és most lebuktam. Ami legrosszabb, hazudtam, mint a vízfolyás, becsaptam őket.

Rettentően ideges lettem.

Mit mondjak, hogy mentsem, ami menthető? Tudom, hogy fájdalmat okoztam a szüleimnek. Nagyot csalódtak bennem.

Hazudtam nekik. Eljátszottam a bizalmukat. Már nem érdekelt, hogy hogy lesz tovább, hanem az, hogyan tehetem jóvá. Aztán eszembe jutott a nagyapám. Őszinteséggel sok mindent jóvá lehet tenni – mondogatta. Egy félórába telt, mire a koliba értem, közben ezer gondolat futott át az agyamon. Hogy fogadnak? Apám lekever egy pofont? Mit mondok?

Amikor kinyitottam az ajtót, csak a szüleim ültek az asztalnál. Olyan szomorúságot és csalódást tükrözött az arcuk, hogy szégyenemben, amiért becsaptam őket, szerettem volna a föld alá süllyedni. El kezdett potyogni a könnyem.

Álltam megszégyenülve, és zokogtam. Annyit tudtam csak mondani, soha nem teszek ilyet többé. Ezt teljes szívemből mondtam, és nagyon komolyan, így is gondoltam. Anya felállt és átöleltem, olyan jó volt érezni az illatát. Valami belső nyugalom kezdett bennem eluralkodni. Apa felé fordultam.

-Kérlek, csak egyszer bízzatok meg még bennem, mindig igazat fogok mondani. A szemébe néztem. Mindig apa. Őt is átöleltem, olyan jó érzés volt sírni a vállán, és érezni, ahogy a hátamon végig simítja a kezét. Mintha azt mondta volna, tudom, ez elég lecke volt neked. A vér nem válik vízzé.

Szinte belém nyílalt a fájdalmas felismerés. Árpi és a többiek kedvéért hagytam magam sodródni rossz irányba. Ki fontosabb? Ők vagy a szüleim? – tettem fel magamnak a kérdést gondolatban. Ez nem lehet kérdéses, hogy a szüleim, válaszoltam rá azonnal. Erre neveltek engem? Ezt érdemlik? Én nem akarok ilyen lenni. Szeretnék úgy a szemükbe nézni, hogy ne keljen szégyelljem magam.

Aztán elkezdtem, és csak mondtam, és mondtam mindazt, amit eddig eltitkoltam. A lógásokat, az ivást, a cigarettát. Ez olyan volt nekem, mintha meggyóntam volna a bűneimet. Amikor a végére értem, még egyszer megerősítettem, amit ígértem, soha többé nem hazudok nekik.

A Nap felé fordította arcát Emi, majd rám nézett.

-Ha tetszik hinni, ha nem, eddig betartottam és a jövőben is be fogom tartani.

Úgy hogy elmondom ezt is, hogy példaként közzé adjam ezt a csúnya szakaszát az életemnek, hadd tanuljon belőle, aki akar. Ha egy fiatal nem teszi azt, amit én, mert olvasta a könyvben, hogy milyen nyomorultul éreztem magam a szüleim előtt, már megérte. Szerintem a szüleim helyeselni fogják.

-Feltehetek neked egy intim kérdést? – kérdeztem.

--Nyugodtan, de nem biztos, hogy válaszolok rá. Ha a szexszel kapcsolatos, anya azt tanította „annyira magánügy, annyira két ember bensőséges kapcsolata, amit ha odajutsz, ne oszd meg senkivel. Főleg nem a barátnőiddel. Persze nekem elmondhatod." – huncutul mosolygott. Anyával elég sokat beszéltünk erről, amikortól 12 éves lehettem.

-Akkor inkább azt kérdezném: mit mondott édesanyád?

-Anya konzervatív felfogású, de úgy gondolom, ezen a területen nem biztos, hogy ez hátrány. Szerinte az ember várja meg, hogy fülig szerelmes legyen egy fiúba, és aztán gondolkodjon a szexen. Érzelemmel együtt lesz igazán jó élmény.

Ő úgy gondolja, hogy egy lány nyíltan ne kezdeményezzen, ha tetszik egy srác. Szerinte találjon ki olyan helyzeteket, amikor véletlenül találkoznak. Legyen vele kedvesebb, és figyelmesebb, mint a többiekkel. Így bátoríthatja, ha kölcsönös a szimpátia, érje el, hogy a fiú kezdeményezzen. Ha nem lép a srác, és nem vesz tudomást a lányról, akkor nem szabad erőltetni, mert csak az egyik oldalamról van szimpátia. „Ne fussunk olyan szekér után, ami nem vesz fel" – szokta mondani.

Meg kell hagyni egy fiúnak, hogy úgy érezze, ő kezdeményez, és harcol azért a lányért.

Vagyis ne feküdjek le vele az első randin, ismerjem előbb meg. Járjunk. Ne legyek a noteszében egy strigulával több, akivel lefeküdt. Hamar kiderül, mert aki csak a szexre hajt, az nem fog „udvarolni", időt pazarolni rám, inkább ott hagy, és olyan lányt keres, aki egyből növeli a lefektetett lányok számát, minden nehézség nélkül.

„Mindig az elérhetetlenre vágyunk a legjobban, és mindig azt becsüljük meg leginkább, amit nehezen szerezhetünk meg, vagy kaptunk meg" – szokta anya mondani. Gondolj a játékaidra. Hidd el, valahol mélyen a fiúkban is él még ez a megszerzési ösztön. A könnyű prédának nincs értéke, ezért legyen benned tartás, legyél igazi nő. Amikor egy fiú családot szeretne, s gyermekei anyját keresi, szerinted melyik nő kell neki. Akiről tudja, hogy fűvel-fával lefeküdt, szokták mondani, átment rajta egy falu, vagy egy város, vagy az a lány, akit nehezen vitt ágyba, megküzdött érte, és kevés kapcsolata volt ő előtte.

Nem hallja egyik haverjától sem azt, hogy én is dugtam, jó nő, vagy hallottam róla, milyen jó firma, nem válogatott, minden füttyentésre kapható volt egy jó numerára.

-Egyértelmű, hogy a komolyabb lányok, akikben van tartás, azok jöhetnek számításba elsősorban szerintem is. Legalábbis egy komoly srácnál biztos. Szóval ilyenekről szoktunk anyával beszélgetni. Az első srácról is tudott, elég hamar belezúgtam egy fiúba. De mivel fiatal voltam, megbeszéltük, hogy a szexszel várunk. Több mint egy fél évig bírtuk, aztán rákészültünk, és egy kulturált, higiénikus környezetben vesztettem el szüzességemet. Sajnos pár hónap múlva ők külföldre költöztek. Eléggé megviselt. Szerintem, még mindig szeretem őt. Lehet, hogy ezért mentem bele az ivásba, és ha tetszik hinni, ha nem, eddig ő volt az egyetlen szexpartnerem, és senki más.

-Nem tartottátok a kapcsolatot? – Leveleztünk elég sokáig. Haza akar jönni azt írta az utolsó levelében, aztán nem írt többé. Semmit nem tudok róla. Telefonon sem érhető el, sem ő, sem a szülei. Szerintem beleszeretett egy másik lányba, és nem akar megbántani, azzal hogy közli velem.

-Ilyennek ismerted meg? – kérdeztem.

-Nem, de az élet olyan kiszámíthatatlan, és én nem vagyok jó emberismerő. Kevés a tapasztalatom.

-A helyedben elgondolkodnék, hogyan tudnám ezt a kapcsolatot végleg lezárni. Szíved mélyén még kötődsz hozzá. Nem tudod, miért szakadt meg minden. Tisztázatlanok a körülmények. Ha minden megválaszolatlan kérdésre választ kapnál, akkor tudnál tovább lépni, és nyitni egy új kapcsolat felé. Ha megadsz egy pár adatot, szívesen segítek a keresésben, persze, ha nem tartod ezt tolakodásnak – mondtam.

-Dehogy is, sőt, megköszönöm a segítségét. Emi ezt úgy mondta, mint aki máris mindent tudni akar. Jó volt a megérzésem. Tudat alatt ez a kapcsolat keményen dolgozott.

Úgy váltunk el, hogy aki megtud valamit, az keresi a másikat. Felhasználtam a kapcsolataimat, pár nap alatt sikerrel jártam. Megkaptam a család tartózkodási helyét, sőt az anyuka telefonszámát is.

Mielőtt felhívtam, összeszedtem a gondolataimat, hogy elmondjam: milyen alapon és miért keresem a fiát?

Több napszakban is próbálkoztam, de nem vette fel a telefont, Szépen leírtam, amit szeretnék, és SMS-ben elküldtem. Másnap csörgött a telefonom és Tomi anyukája volt. Az első szó után elcsuklott a hangja és sírt. Annyit tudtam meg, hogy Pesten vannak. Tomi az apukájával jött haza Magyarországra, amikor balesetet szenvedtek. Kómában fekszik Tomi, az édesapja sajnos meghalt. Ő állandóan az ágya mellett ül. Várja a csodát, hogy az egy szem fia felébredjen. Nem volt ereje Emmikének elmondani, mert tudja, hogy mennyire szerették egymást.

Azt tanácsoltam neki, adjon egy esély arra, ha, Emi meg szeretné látogatni Tomit, akkor megtegye. Lehet, hogy ez is segít a gyógyulásban.

Az édesanya ezt a lehetőséget is megragadta, csak újra hallja a fia hangját, és lássa ragyogó kék szemét.

Szükségem volt, egy kis időre, át kell gondolnom, hogyan közöljem Emivel a rossz hírt. Az motoszkált az agyamban, ha Emi felkeresi a kórházban Tomit, és beszél hozzá, lehet, hogy erőt ad neki a gyógyuláshoz. Hiszem azt, hogy a szeretet, a szerelem csodákra képes.

Nehéz döntés előtt álltam, már megbántam, hogy belementem, és felajánlottam a segítségemet.

Féltettem Emikét.

Végül találkoztunk, és elmondtam, amit tudok. Emike zaklatott lett, és egyből rohanni akart a kórházba. Kértem, gondolkodjon, mielőtt cselekszik. Készüljön fel, hogyan tudna a segítségére lenni Tominak és az anyukájának. Hallgatott rám. Előbb beszélt Tomi anyukájával, csak aztán ment be a kórházba. Annyit kértem tőle, hogy tudassa már velem, ha sikerül a kómából felébreszteni Tomit.

Sajnos már eltelt pár hónap, és még semmi jó hír nem érkezett.

Adná a jó ég, hogy magához térjen, és felépüljön. Akkor rendezhetnék kettőjük kapcsolatát is.

Oli 21 éves

Nagy nőcsábász hírében áll. Az egyik ismerősömtől hallottam róla. Ő ajánlotta, keressem fel, érdekes figura. Veszíteni nem veszíthetek semmit. Előbb felhívtam, hogy egyáltalán szóba jöhet-e, hogy beszéljen az életéről. Habozás nélkül igent mondott.

A hangja alapján elég öntelt, nagyképű, magára sokat adó fiút képzeltem el. Egy koradélutáni időpontot beszéltünk meg egy étteremben. Amikor beléptem, egy nagyon ízlésesen öltözött, ápolt, jó küllemű fiatalember ült az asztalnál. Illedelmesen felállt, bemutatkozott. Előbb elmondtam, mit és hogyan szeretnék, a könyvemben, és milyen céllal írom. Ő türelmesen végig hallgatott. Úgy éreztem, tetszik neki az elképzelésem. Aztán dióhéjban végig futott a születésétől a 12 éves koráig.

-Romániában születtem. Három éves voltam, amikor szüleim Magyarországra költöztek, a jobb megélhetés reményében.

Így mondhatom itt nőttem fel. Az általános iskolában nagyon feladtam a leckét a szüleimnek. Nem szerettem tanulni, de annál elevenebb és rendetlenebb voltam. Nem volt olyan hét, hogy ne kapjak beírást az ellenőrzőmbe. Megdorgáltak a szüleim, de soha nem bántottak. 20 évi házasság után születtem. Mint egy szem gyerek olyan boldogság volt az a szüleimnek, hogy mindent elnéztek nekem. Mai napig én vagyok a szemük fénye. Most túl vannak a 60-on. Ma már büszkék rám, és szeretném ha ez így lenne ezután is!

- Visszatérve az általános iskolához. 7. osztályos lehettem, amikor leült velem az édesapám, és azt mondta: Tudod, nagyon szeretünk téged, kérni szeretnénk tőled egy fontos dolgot. Ahhoz, hogy tovább tudj tanulni, és felvegyenek egy középiskolába, javítani kell a jegyeiden. El, kel döntsük, hogy mi leszel, ha nagy leszel. Komolyra fordítva a szót fontos, hogy a felvételihez szükséges jegyeid 4-es és 5-ös legyen. Megkérdezte, hogy látom, meg tudom-e csinálni. Szavam adtam rá, hogy meglesz.

-Na, akkor kössünk egyességet. Ha betartod, a ballagásodra meglesz a kismotor, amit kinéztél magadnak – mondta.

-Kezet ráztunk rá, és tudtam, hogy ezt az adott szót, ha törik, ha szakad, be fogom tartani.

-Elég sokat legyeskedtem a lányok körül. Gyerekkoromtól azt tanította az édesanyám, tisztelettel bánj a nőkkel. Legyél udvarias, előzékeny. Soha ne beszélj csúnyán a nők jelenlétében, és így tovább.

Kihangsúlyozta, soha ne üss meg egy nőt sem. Egy férfi védi, óvja a gyengébb nemet.

Szóval a lányok nagy segítségemre voltak. Segítettek a háziban, a felkészülésben, ha dolgozatot írtunk. A matekot szerettem, de a történelem nem volt a kedvenc tárgyam. Az osztályelső Fanni brillírozott töriből. Jó volt hallgatni, amikor felelt, olyan érdekesen és értelmesen mondta el. Megkértem rá, hogy korrepetáljon töriből. Ő igent mondott, és előbb hetente egyszer, aztán egyre sűrűbben fordultam meg náluk. A szülei rendes emberek voltak, szerintem kedveltek is engem, és megengedték, hogy együtt tanuljunk. Egyre közelebb kerültünk egymáshoz, és végül rádöbbentünk mindketten, hogy szeretjük egymást. Javultak a jegyeim. A 8. osztályban együtt jártunk, együtt tanultunk, és kimondhatatlanul szerettük egymást. Ez testi kapcsolatot nem jelentett. Csókolóztunk, simogattuk egymást, de a szexszel vártunk. Mindkettőnk szülei erre kértek bennünket. Eldöntöttük, hogy gimnáziumba jelentkezünk. A jegyeim jók lettek, ezért reménykedtünk abban, hogy felvesznek engem is, mert Fannit nem volt kétséges. A ballagásomra megkaptam a mocit. Az egyezséget mindketten betartottuk. Az volt, a legnagyobb öröm, amikor megtudtam, hogy felvételt nyertem a gimibe, és Fannival egy suliba járhatok. Ez volt életem legcsodálatosabb nyara. Jobbnál-jobb programokat találunk ki és mindenhova együtt mentünk: moziba, színházba, koncertekre, sportolni. Teljes volt az összhang közöttünk. Rengeteget nevettünk, bolondoztunk. Néha volt egy kis féltékenység, ami miatt összekaptunk, de olyan jó volt a kibékülés, és mindig megfogadtuk, hogy örökre szeretni fogjuk egymást. Fanni annyira kitöltötte az életemet, hogy nem is érdekelt a többi lány.

- Már ne haragudj – szóltam közbe, de miért mondják rád, hogy nagy nőcsábász vagy? Vagy ez később következik?

Úgy nézett rám, mintha kínaiul beszélnék. – Én? – kérdezte. Aztán hangos nevetésben tört ki.

Most – mi van? – már meg én néztem értetlenül. Rosszat kérdeztem?

-21 éves vagyok, és egyetlen nő, és az Fanni, aki eddig volt az életemben.

-Ki mondta ezt a baromságot? – kérdezte.

Szerintem ez csak vicc volt a részéről.

-Jól értem, ti 13 éves korotoktól együtt jártok? – kérdeztem.

-Igen, most már együtt is élünk.

-Létezik ma még ilyen? – kérdeztem.

-Igen, mi vagyunk rá az élő példák – mondta Oli.

Azt nem teszi zsebre az ismerősöm, amit én mondani fogok neki, de lottóznom sem szabad, mert nem nyernék. Még hogy ez a fiú öntelt, nagyképű, hogy gondolhattam én ezt így, az első telefonos beszélgetésünkkor? Aztán megosztottam Olival ezt a gondolatomat, és jót nevettünk rajta.

-Tetszik tudni mit? – most már lassan, elkel, menjek, mert fontos megbeszélésem lesz – de szívesen eljövök Fannival a következő beszélgetésre, ha jónak tetszik látni. Nagyon örültem ennek a felvetésnek. Alig vártam, hogy lássam és halljam a két fiatalt együtt. Meg akartam fejteni a titkot, hogy a mai világban hogyan lehet ilyen fehérholló-kapcsolat, ez annyira nem jellemző. Ez úgy felvillanyozott. A mi időnkben, amikor én fiatal voltam, ez gyakori történet volt, hogy egy nő az első fiúhoz hozzá is ment. Igaz, akkor már egy 20 éves lány benne volt a korban, hogy férjhez menjen, mert egy 23 éves lánynál már felmerült a kérdés, mi lehet vele a gond, ha eddig nem kellett senkinek.

Szóval emlékszem, amikor én fiatal voltam, az élt a köztudatban: „Azt illeti meg a fehér menyasszonyi ruha, aki szűzen megy férjhez" – ez túlzás volt már abban az időben is. Sok olyan esetről hallottam, amikor útban volt a baba, így gyorsan összeházasították a fiatalokat. A pletykálás róluk nem maradt el, mert a baba születése árulkodott a fogantatás időpontjáról. Ilyenkor, volt, aki koraszülésre fogta a kicsi korábbi érkezését. Minél jobban tiltották a fiatalokat a szextől, annál erősebb volt a vágy a tiltott gyümölcs megkóstolására. Sok akadályt gördített ez az erkölcsi szigor a fiatalok útjába. Rákényszerítve őket a hazudozásra, bujkálásra, ha együtt akartak lenni, mert a szerelem érzése a testi vágyat is fokozta, és a beteljesülés gyönyöre győzött, minden tiltás ellenére is.

Ez sem volt helyes, de a mai helyzet éppen a másik véglet, ami szerintem ugyan olyan rossz. A kettő közötti aranyközépút lenne az igazi.

Gondoljunk bele, vannak olyan fiatalok, akik 6-7 éve mondhatni együtt élnek. Hol egyik szülőnél, hol a másiknál vannak. Közel 30 évesek, nincs közös otthonuk, elérendő céljuk. Kényelmes, így nem kell előteremteni a pénzt egy közös háztartás fenntartására. Beosztani, hogy mindenre legyen. Nincs családvállalás, ami komoly felelősség. Lehet, hogy ezért a mondataimért sokan elítélnek. Élősködnek a szüleiken. Anya főz, mos, gondoskodik nem csak a saját csemetéjéről, hanem annak párjáról is, és ez így megy mindkét család részéről. Kirándulni megy a család, akkor egy fővel több a kiadás. Van olyan ismerősöm, akinek három fia van. Egy még általános iskolás, kettőnek barátnője van. Így 5 fő helyett 7-ről gondoskodnak, még ha nem minden nap, akkor is. Sokszor kérdezem, hogy tudtok így élni, alkalmazkodtok a fiúk barátnőihez is, hogy lehet ezt összehangolni? Nem könnyen, jön a válasz, de az ember a gyerekeiért mindent megtesz, nehogy elveszítse. Igyekszünk semmibe nem beleszólni. Felnőttek, élik a saját életüket. Ez az, kapaszkodok bele az előző mondatba „a saját élet az nem erről szól az én gondolkodásom szerint, bár semmi beleszólásom." Nektek is könnyebb lenne, ha külön élnék az életüket, ti is a tieteket. Segíteni akkor is tudnátok, hogy könnyebben boldoguljanak, de nem kellene a hétköznapi gondjaikat is magatokra venni. Ez nem ilyen egyszerű. Elférünk, nagy a lakás. Nem kell külön rezsit fizetni. Az albérlet sokba kerül, egyelőre saját lakásra nincs pénz. A munkahely bizonytalan, egyik percről a másikra becsődölhet a cég, nem lehet rá fixen építeni. Teljes a létbizonytalanság. Nem könnyű a mai fiataloknak. Szerintem többek között ezért maradnak a fiatalok a szülőknél.

-Majd meglátod, olyan folyamatosan alakul ki ez, hogy észre sem veszed. Ha ott alszik, akkor hozza a ruháját, ha ott van, miért ne mosnád ki a többivel? Ha étkezési idő van, természetes, hogy az asztalhoz hívod őt is. Hallasz a gondjairól, próbálsz segíteni, mert a gyereked után ő is azzá válik. Ha békességet akarsz, elfogadod a gyereked választottját, és alkalmazkodsz hozzá is. Annyi kérdésem lenne, de miért feszegessem mások életét. Hol jövök én ahhoz, hogy véleményt alkossak arról, amit még nem éltem át. Minden esetre közeleg az idő, jó lenne helyesen cselekedni nekünk is a férjemmel. Abban bízom, hogy neki jó meglátásai vannak, és jól kormányozza a családunkat továbbra is.

Nagyon elkanyarodtam Olivértől, szóval eljött a nap, amikor Fannival megjelentek nálam.

Jó volt rájuk nézni, két, ízlésesen öltözött, kedvesen mosolygó fiatal állt előttem. Bemutatkozás pillanatától olyan összhang, egymás tisztelete, szeretete sugárzott róluk. Szinte engem is örömmel töltött el. Aztán belevágtunk a közepébe.

Együtt jártunk gimibe. Mindenki tudta, hogy összetartozunk, még a tanáraink is úgy kezeltek bennünket. Gyorsan elrepült az a 4 év. A szüleinknek teljes tisztelettel tartozunk, nem gördítettek semmilyen akadályt kettőnk életébe. Mindketten otthon éltünk, délutánonként találkoztunk, tanultunk, közös programokat szerveztünk, de az éjszakát mindketten saját ágyunkban töltöttük. Fanni veszi át a szót. Talán másfél évig jártunk együtt, amikor úgy éreztük, most már a testi kapcsolatnak is itt az ideje. Beszéltem a szüleimmel erről, és ők megértették. Úgy látták, hogy jobb, ha beleegyeznek, mert így nem kényszerítenek bennünket hazugságra, bujkálásra. Oli szülei is nagyon jó fejek, modern gondolkodásúak. Mindkettőnk szülei érezték, hogy a mi szerelmünk nem valami szalmaláng, ez hosszú időre, egy életre szól, így segítettek bennünket. Elvégeztük a gimit.

Egyetemre járunk mindketten. Levelezőn végezzük, hogy legyen mellette munkahelyünk, hogy képesek legyünk eltartani magunkat. 19 évesek voltunk, amikor az élet úgy hozta, hogy Oli nagymamája, aki egyedül élt egy másfélszobás lakásban, lebetegedett. Ápolásra magukhoz vették a szülei. Így felajánlották, ha akarjuk, odaköltözhetünk, mert az Oli szobája jó lenne a nagymamának. Ez a csere lehetővé tette, hogy kipróbáljuk az együttélést. Nem volt könnyű a kezdet. A szüleink mindenben segítettek. Képesek voltak főtt ételt beadni a szüleim Oli munkahelyére, hogy éhen ne halljunk, mert tudták, hogy nem tudok főzni. Az ő szülei mindig televásárolták a hűtőnket, hogy így segítsenek bennünket. Aztán fokozatosan saját lábunkra álltunk. Átvettük a lakás rezsijének a fizetését.

- Fanni, megtanult, főzni – mondta Oli.

-Mondd el, kérlek azt is, hogy te is nagyon ügyes vagy a konyhában, és legtöbbször együtt főzünk! – mondta Fanni.

- Jólesett, hogy ezt mondod. – válaszolta Olivér, majd kedvesen egymásra mosolyogtak.

Kitaláltuk, hogy készítünk egy finom ebédet, és meghívjuk a szülőket. Sütöttunk-főztünk. Nagy volt az izgalom, hogy jól sikerüljön.

A szülők szerintünk a biztonság kedvéért megbeszélték, hogy mit hoznak. Így hidegtállal és süteménnyel érkeztek meg. Meglepődtek, hogy mennyi mindent főztünk, és hogy milyen jól sikerült. Nem győztek dicsérni bennünket. Előbb hitetlenkedtek. Biztos rendeltétek valahonnan, vagy szakácsnőt hívtatok? – De be kellett látniuk, hogy ez a mi művünk, mert olyan szaktudással beszéltünk az elkészítésről, hogy nem fért hozzá kétség.

Innentől kezdve elmaradozott az ételküldözgetés.

Ma már teljesen önállóan élünk és tartjuk el magunkat.

-Hogyan tervezitek a jövőt? Esküvő? Család?

Első az egyetem befejezése. Közben gyűjtünk az esküvőre is.

-Már átbeszéltük az apró részleteket is, hogyan szeretnénk.

-Maximum 60 fő, csak a szűk család, pár barát.

Ha ez meglesz, aztán gondolkodunk a családban. Lehet, hogy külföldön folytatjuk az életünket, de ez nem rég merült fel, és sok mindentől függ.

-Ami fix, az az egyetem befejezése, és az esküvő – mondta Oli.

Meg tudnátok fogalmazni nekem, hogy lehet, hogy 13 éves korotoktól együtt maradtatok. Mi a titka, hogy ilyen jól megvagytok?

Mindketten elsők vagytok a másiknak és az egyetlenek. Nem követtétek a veletek egykorúak életvitelét, miért?

-Fanni vette át a szót. Lehet, hogy furcsán hangzik, de én ezt láttam a szüleimtől. Sokat beszélgettünk arról, hogyan ismerkedtek meg, és hogyan tartottak ki egymás mellett. Ők úgy fogalmazták meg, hogy együtt bolondozták végig a tizenéves korukat, mert ők is 14 éves korukban szerettek egymásba. Rengeteg olyan elfoglaltságot találtak maguknak, ami színessé tette a kapcsolatukat, és mai napig a közös élmények szoros köteléket jelentenek számukra.

Oli szülei is hasonlóan gondolkodnak. Ő is azt látta, hogy az édesapja tisztelettel beszél édesanyjáról, mindent közösen döntenek el. Nem jártak és járnak egymás nélkül szórakozni. Így nincs sem lehetőségük, de szerintem igényük sem arra, hogy másik partnert keressenek. Szerintünk minden eldöntés kérdése, és az, hogy mindkét ember akarja. Ha figyelünk a másikra, annak minden rezzenésére, akkor a nehéz helyzetekben tudjuk, hogyan reagáljunk, mert ismerjük, akivel együtt élünk. Minden kapcsolatban vannak hullámvölgyek, de az egymás iránt érzett szeretet átsegít ezeken. Sok ember feladja, a könnyebb utat választja. Aztán azt mondja, új életet kezd. Megújulni lehet egy házasságon belül is, hogy jobban működjön. Az én szüleimtől sokszor hallottam „megismerni valakit nem nehéz, de megtartani annál inkább." Ezért kell mindig megbeszélni és kimondani nyíltan felvállalva a problémákat, hogy az, megoldható legyen azonnal, és ne gyűljön az emberben addig, hogy már ne legyen orvosolható. Mi betartjuk azt a szabályt, hogy „haraggal nem szabad lefeküdni." Ezért, ha összekapunk valamin, estére mindig kibékülünk. Oli könnyen békül, könnyen kezdeményezi a kibékülést, néha még akkor is, ha nem ő volt a hibás. Én nehezen veszem rá magam, és csak egyszer kérem meg Olit, ha nem békül egyből, én másodjára nem vagyok képes bocsánatot kérni. Ő ezt tudja, és tiszteletben tartja, és egyből megbocsát nekem. Fanni mosolyogva és szeretettel néz Olira, közben finoman megsimítja a kezét.

A beszélgetés során Oli is többször kísérte mondandóját egy finom, szeretetteljes simogatással. Annyira összetartozik ez a két fiatal. Látszik minden mozdulatukból az egymás iránt érzett szeretet.

-Szeretnék még hozzáfűzni egy-két gondolatot. - mondta Olivér. A tizenévesekhez szólnék. Lehet, hogy sokan sértésnek érzik, de nekem ez a véleményem. Az, aki felnőttként szeretné, hogy kezeljék, annak úgy is kell viselkednie. Körülöttünk is zajlott az élet. Láttam nem egy fiatal lányt, aki részegen úgy tapadt a fiúkra, mint egy pióca. Akkor dupla szeretettel fordultam Fannihoz és még inkább tiszteltem azért, hogy ő nem ilyen. Visszataszítónak találtam, ezeket, a lányokat. Olyanok voltak, mint egy használati tárgy a fiúk kezében, és erről egyedül csak ők tehettek. Semmi nőiesség, semmi tartás. Ép ésszel nem tudom felfogni, hogy gondolták ezek a lányok, hogy egy lerészegedett fiatalnő látványa, aki félrebeszél, akit kinevetnek, ugratnak, hülyítenek, nyilvánosan tapiznak, az elmúlik, elfelejtődik a kijózanodás után? Ki tisztel, melyik fiú egy ilyen lányt. Fel kellene őket kamerázni, és a föld alá süllyednének szégyenükben, ha visszanéznék magukat.

Sokszor hallottam, hogy egyik-másik fiú, milyen trágár szavakat használ egy lánnyal szemben. Sajnos azt nem hallottam, hogy a lány kikérné magának, hogy vele ne így beszéljen, megsértődne érte, vagy mit tudom én hogyan, de tudomására hozná annak a fiúnak, hogy bunkó, és vele így nem társaloghat. Túllépte a határt. Nem, helyette jót vihog rajta a csaj. Nyilván így a srác legközelebb sem foglalkozik azzal, hogy kulturáltan, szalonképesen fejezze ki magát egy lány jelenlétében. Sőt, az jön le neki, „jó fej voltam, megnevettettem, tetszik ez a stílus, így tovább, hajrá."

Mindenki tud viselkedni, és tudja azt is, kivel, hogyan lehet beszélni, és hogyan kell beszélni – mert megtanítják rá a szülei. Legalábbis nálunk ez így volt, és Fanniéknál is. Emlékszem, mentünk haza valahonnan, és apa nyugodtan kielemezte a kocsiban, mi volt a helyes, és mit kell másként csinálni, ha legközelebb társaságba megyünk. Akit meg nem tanítottak meg, azt meg kellene tanítani oly módon pl. egy lánynak, nem engedi, hogy illetlenül beszéljenek vele, kikéri magának. Én úgy látom – folytatja Oli – sajnos a lányokban nincs tartás. Sok lány roppant közönségesen viselkedik és beszél. Azt hiszik ezzel felnőttesebbek, menőbbek. Ez nagy tévedés. Ily módon felhívni magukra a figyelmet, hülyeség. Az öltözködésük? Az katasztrofális. Nem figyelve azt, hogy milyen az alkata, jól áll-e a legújabb divat, válogatás nélkül felvesznek mindent. Kifolyik a hája a csípőnadrágból, hiába előnytelen, nem foglalkozik vele, felveszi. Vastag, már narancsbőrös combjait mutogatva, bugyit-villant miniszoknyában. Nem érdekli, hogy gusztustalan, felveszi. Nem tudom, hogy hol vannak ilyenkor a szülők, akik megmondják nekik, hogy ez hiába divat, neked gyermekem előnytelen, nem áll jól. Arra gondolok, hogy nincs olyan kapcsolat a szülő és gyerek között, hogy ez megtörténjen. 15-16 éves voltam, elmentünk Fannival, kinéztük a ruhát, ami tetszett. Fontos volt az ő véleménye, de mindig apa vagy anya tette rá az i-re a pontot, mert ők fizették ki. Egy-két olyan esetre emlékszem csak, amikor valamelyiköjük azt mondta, ezt ne vedd meg, nem jó minőségű, vagy ez nem előnyös neked. Ez nem az igazi. Mindig hozzátették „ha nagyon szeretnéd, én megveszem, de szánj még rá több időt. Fussatok még egy kört Fannival, lehet, találtok jobbat." Mindig bejött. Nem szeretném, ha úgy tűnne, hogy mi vagyunk az etalonok. Szó sincs róla. Sokat beszéltünk erről már Fannival, hogy egy olyan nevelést kaptunk otthon, olyan példa volt előttünk, ami meghatározta az életünket. Mi is úgy, mint a szüleink, kettőnk között alakítjuk úgy a dolgokat, hogy az, mindkettőnknek jó legyen. Együtt képzeljük el a jövőnket. Mindig van elérendő álmunk. Nem korlátozzuk egymást semmiben, inkább segítjük. Nem uralkodunk egymáson, társak vagyunk mindenben. Ha tévedünk, beismerjük, és tudunk egymástól bocsánatot kérni. Nem akarjuk egymást megváltoztatni, úgy is csiszolódunk, akarva-akaratlanul. Tiszteljük egymást mindenért, ami jó bennünk, ami rossza, azt meg közösen mindkettőnknek elfogadhatóvá próbáljuk tenni. Ami az egyik legfontosabb, már 13 évesen megfogadtuk egymásnak, hogy mindig őszinték leszünk egymáshoz, bármit hozzon az élet. Oli, nagy levegőt vett, és Fanni kezéért nyúlt, szájához emelte és egy gyengéd csókot nyomott rá.

Csend lett, aztán én szólaltam meg.

- Ígérjétek meg nekem, hogy 10 év múlva leülünk, elolvassuk, amit most mondtatok, és meglátjuk akkor, mi változik. Lehet, hogy erről fogok könyvet írni 10 év múlva – mondtam mosolyogva.

Mindketten igent mondtak. Adja az ég, hogy így legyen.

Gréta 19 éves

Szlovákiában, Donovalyban töltöttünk el egy pár napot. Akkora hó fogadott bennünket, hogy csak ámultunk-bámultunk. Nem győztük fotózni. Az útszéli táblák alig látszódtak. A falusi házacskáknak, ahol nem lapátolták el, az ereszéig ért a hó. Minden szikrázott, csillogott a napsütésben. A felvonóból kiszállva leírhatatlanul szép táj tárult elénk. A fákon a zúzmara, varázslatossá tette a környéket. Élveztük a síelést. Amikor fáradtak voltunk, beültünk a büfébe egy forralt borra, vagy egy káposztalevesre. Egyik alkalommal magyar szót hallottunk a mellettünk lévő asztalnál. Szóba elegyedtünk. Kiderült, nem túl messze lakunk egymástól, alig 20 km-re Magyarországon. Aztán síelésről, a szállásról folyt a beszélgetés. Annyira összejött a két család, hogy egy közös vacsorát hoztunk össze egy kedves kis vendéglőben. Jó hangulatban folyt a beszélgetés. Gréta, egy nagyon kedves, 19 éves lány, meglepett, hogy a szüleivel kirándul. Ebben a korban már külön, társasággal járnak a fiatalok. A szülőket inkább mellőzik.

Amikor elmeséltem mivel foglalkozom, felvetettem, hogy ha lenne kedve, szívesen leírnám a kamasz éveit, persze, ha a szülei nem ellenzik. A szülők szinte egyszerre mondták, hogy felnőtt, ők nem szólnak bele.

Grétával úgy beszéltük meg, hogy elgondolkodik rajta, és felhív hogyan döntött.

Hamar elrepült ez a pár nap. Jó barátság alakult ki a két család között. Úgy váltunk el, hogy majd keressük egymást. Eltelt a karácsony, aztán jött a

szilveszteri buli. Csörgött a telefon, Gréta szülei voltak.
- Tudjátok, már hol töltitek a szilvesztert? – kérdezték.
Mi odahaza akartunk maradni, de annyira kedvesen invitáltak, hogy töltsük együtt, hogy elfogadtuk a meghívást.
-Nagyon jó hangulatban búcsúztattuk az óévet, és köszöntöttük az újat. Gréta is ott volt velünk, és megbeszéltük, hogy januárban időpontot egyeztetünk és beszélgetünk.
Gréta eljött hozzánk. Sütöttem egy finom sütit, gondoltam elcsipegetjük a beszélgetés során.
Egy hosszú hajú, szép arcú, roppant csinos lány ült velem szemben. Szeméből sugárzott az értelem, de mégis valami szomorúságot éreztem rajta.
-Lehet, hogy unalmas lesz, amit elmondok. Velem semmi olyan nem történt, ami az életemet megváltoztatta volna.
Az általános iskolában végig kitűnő voltam. A napjaim nagyon be voltak táblázva. Napközi után angolra, vagy zongorára vittek a szüleim. Ők úgy gondolták, mindent megadnak nekem és majd az öcsémnek is, amit ők nem kaphattak meg. Mindig csendes, halk szavú kislány voltam. Az iskolában engem soha nem kellett megszólítani semmiért. Emlékszem, annyira bántott, ha valamit nem tudtam, hogy sírva fakadtam. Maximalistaként képes voltam azért elkezdeni a sírást, mert a dolgozat végén nem volt időm átolvasni, leellenőrizni, amit írtam. Valami miatt mindig féltem, rettegtem. A szüleimmel, beszélt a tanító néni, mert arra gondolt, hogy valami gond lehet a családban, de otthon minden rendben volt. Az osztálytársaim szívesen játszottak velem, mert én

mindig azt tettem, amit mondtak. Jó játszótársnak bizonyultam. Sajnos nem volt az igazi semmi. Mindenkinek feltűnt, hogy szótlan vagyok és mindig szomorú. Nem is emlékszem felhőtlen időszakra, önfeledt kacagásra, huncutságokra, ami ebben a korban jellemzi a gyerekeket. A szüleim is kezdtek felfigyelni erre. Előbb szüneteltettük a plusz feladatokat, arra gondolva, hogy ki vagyok merülve, sok a feladat. Akkor azon bánkódtam, hogy tovább haladnak, és én nem vagyok ott. Végül pszichológushoz vitt az édesanyám.

Minden héten elmentünk hozzá, de a helyzet nem sokat változott. Teljesen kirajzolódott, hogy megfelelési kényszerem van, és akkor érzem magam jól, ha tanulok, mindig újabb, újabb információkhoz jutok a magam ritmusában. A harmadik pszichológus segítségével eljutottunk oda, hogy kevesebb volt a szorongás, nem görcsöltem mindenen, ritkábban sírtam. Így végeztem el az általános iskolát. Mivel végig kitűnő voltam, így nem kellett tartanom attól, hogy nem sikerül a felvételim a középiskolába. Az első hónapban kiemelkedtem a tanulásban, osztályelső lettem az év végére. Sajnos nem néztek rám jó szemmel a társaim. A hátam mögött okoskának csúfoltak, a Hupikék törpikék mesealakjához hasonlítva. Nagyon magányos voltam és vagyok. Kevés a barátom. Inkább ismerősök, mint igazi barátok. Biztosan velem van a baj. Én nem szeretek azért beszélgetni, hogy csak járjon a szám, és semmitmondó dolgokra pazaroljam el az időmet. Ami engem érdekel: konkrétan a matematika, arról szívesen beszélgetnék, de nem találok olyan embert, aki partner ebben. Másokat csak untatnék vele. Ezért csendben hallgatok, ha elkísérem a szüleimet egy társaságba, és közben azon gondolkodom, ki, mit, miért mond? Minek ez a sok üres fecsegés? Mi ezzel a cél? Van-e hátsó szándék? Megpróbálom megfejteni, több-kevesebb sikerrel.

-Ismerek egy csoportot, ahol hozzád hasonló fiatalok gyűlnek össze, és próbálnak egymásnak segíteni. Mindannyian magas szintű agytevékenységet folytatnak. Nem szeretem ezt a kifejezést, hogy zseni, de kiemelkedően magas IQ-val rendelkeznek. Lehet, ez a társaság megadja neked mindazt, ami most hiányzik. Próbáld ki, hogy érzed magad közöttük. Két-három alkalom mindent eldönt. Gréta szeme felcsillant – aminek nagyon örültem.

-Mi volt a helyzet a fiúkkal a gimiben? – kérdeztem.

-Idegesítettek. Annyira gyerekesen viselkedtek.

-Volt már partnered? – ha megkérdezhetem.

-Nem, még nem jártam senkivel. Nem találtam még olyan srácot, akit erre alkalmasnak találnék. A szüleim aggódnak, hogy túl magasra teszem a mércét, és egyedül maradok. Elmondtam nekik, hogy csak azért, hogy elveszítsem a szüzességemet, és el tudjam mondani, hogy már volt férfi az életemben, nem ugrok bele semmilyen, számomra nem megfelelő kapcsolatba. Olyan társat keresek, akivel hasonló az érdeklődési körünk. Jókat tudunk beszélgetni. A világról alkotott képe megegyezik az enyémmel. A belső tulajdonságai a legfontosabbak. Ezzel nem azt szeretném kifejezni, hogy a külső lényegtelen.

Nem szeretnék egy jó megjelenésű, de üres fejű srácot, aki hódít a külsejével, de az emberi értékek, ami nekem fontos, nincs meg benne.

16 lehettem, amikor az egyik osztálytársam elhívott a szülinapi bulijára. Azt kérte a szüleitől,

hogy egy éjszakai szórakozóhelyre fizessék be a társaságot. Kíváncsi volt, milyen ott.

Nem akartam elmenni, de a szüleim azt tanácsolták, ne sértsem meg az egyetlen embert, aki megtisztel a meghívásával, ezért elfogadtam. Amikor beléptünk, a félhomályban felvillanó alakokat láttam, ahogy tánc közben a zene ritmusára a villogó fényekben elő-elő tűntek. Hamar megszokta a szemem. A köszöntés után, amit bekonferált a DJ is, elvegyültünk a tömegben.

Mindenki táncolt, ahogy tudott. Nem igazán élveztem. Figyeltem a körülöttem levőket. Legtöbb fiatal hasonló korú lehetett, mint én. Fülsiketítő volt a zene, szinte a testemben lüktetett. A hangulat fokozása érdekében kaptunk egy-egy koktélt, amit a szülők tudtommal előre megrendeltek, kikötve, hogy mennyi alkohol kerülhet bele. Megkóstoltam, de a szüleim arra hívták fel a figyelmemet, hogy jobb, ha a táskámban elvitt üdítőt iszom, nehogy belecsempésszenek valamit az italomba. A koktél megtette a hatását, a mi társaságunk is szinte őrjöngött. Egyre rosszabbul éreztem magam. Feltettem a kérdést. Mit keresek én itt? Ez nem az én világom. Láttam dülöngélő fiatalokat, annyi fiút, mint lányt. Nem volt egy szép látvány. Aztán egy nagy csoport jött be. Zömmel nálunk idősebb fiúk. Az az érzésem volt, ami be is igazolódott, jöttek alkalmi partnert keresni a tinik közül.

Észrevettem, hogy egy srác elég kitartóan figyel.

Gondoltam megfigyelem, hogyan építette fel az elcsábítás folyamatát. A következő percekben megjelent két üveges kólával mellettem. Alig hallottam a nagy zajban, amikor megkérdezte, meghívhat egy kólára? Ránéztem, legalább 5-6 évvel lehetett idősebb, mint én. Az a lépés, ami következett volna ezután nem derült ki, mert illedelmesen elutasítottam. Továbbra is kitartóan figyelt. Nem tetszett nekem ez a helyzet. Megkerestem az osztálytársamat, és csendben elköszöntem. Mire kiértem a szüleim is megérkeztek, hogy haza vigyenek. Útközben elmeséltem nekik az eseményeket dióhéjban, és leszögeztem: ez nem az én világom. Többet nem megyek ilyen helyre. A suliban a lányok folyamatosan sugdolóztak szünetekben, de engem nem avattak be. Egy-egy szófoszlányból arra következtettem, hogy volt, aki összejött egy sráccal és ezt vitatták meg..

Hogy őszinte legyek, nem is igazán érdekelt. Nem hívtak többet, de nem is fogadtam volna el az ehhez hasonló lehetőségeket.

Nem történt velem semmi érdekes, elég egyhangúak a napjaim. Teljesen a tanulás tölti ki.

-Hogy mit hoz a jövő? – Nem tudom. – Gréta szemei a távolba néznek. Egy pillanatra valahol máshol jár – gondoltam.

-Szeretnék valami nagyot véghez vinni. Most dolgozom egy komoly, tudományos felfedezésen, ami ha beigazolódik, akár híres is lehetek.

-Kívánok neked sok szerencsét hozzá. Egyre gyakrabban fordul meg a fejemben, hogy 10 év múlva újra megkeresem a beszélgető partnereimet, és megírom az életük alakulását.

Elköszöntünk egymástól, még sokáig ültem, és a gondolataimba merültem. Ebben a lányban több minden van, de nem tudtam a felszínre hozni. Vajon miért.

Pisti 17 éves

Pisti boldog családban nevelkedett 6 éves koráig. Vidéken laktak. Édesanyja óvónőként dolgozott. Édesapja asztalos munkákból tartotta el a családját. Mindene megvolt, amit egy gyerek csak kívánhatott. Kiskutyát kapott a szüleitől 5. születésnapjára. Imádnivaló tacskókopót. Kölcsönös volt a szeretet a kutya és gazdája között. Pisti délutánonként sokat játszott Morzsival – mert így nevezte el a kiskutyáját – aki ezért nagyon hálás volt neki. A baj akkor kezdődött, amikor édesanyja lábán egy anyajegy el kezdett növekedni, szabálytalan formát öltött. Egyik alkalommal, egy fél zsák kukoricát emelt ki a kocsiból, és vitte a melléképületbe. A zsák neki ütődött a lábának, és lehorzsolta az anyajegyet. Próbálta otthon kenegetni, de nem gyógyult. Végül orvoshoz ment. Kiderült, a rák már elhatalmasodott a testében, áttételes. Mindent megtettek az orvosok, de nem tudtak segíteni rajta. Pisti 6. születésnapja után 2 nappal meghalt. Amit most leírtam, azt Pisti nagymamájától hallottam. Régről ismerjük egymást. Gyerekkoromban, ebben a kis faluban éltem én is, de mivel elkerültem, így nagyon ritkán találkozunk. Egy rokonlátogatás alkalmával futottunk össze. Ilyenkor mindig megosztjuk egymással életünk kiemelkedő eseményeit. Megdöbbenéssel hallgattam lányuk elvesztésének részleteit. Tudtam, hogy Ancika rákban halt meg, de a körülményekről most édesanyjától értesültem. Megkérdeztem tőle, hogy az unokája szerinte beszélgetne-e velem az életéről?

-Nem tudom. Elég zárkózott – mondta. Nem szoktunk beszélgetni arról, hogyan élte meg édesanyja halálát.

-Szerintem kérdezd meg tőle! Én elmondom neki, hogy meg fogod keresni. Aztán meglátjuk, hogy dönt. Így is történt.

Amikor megkerestem Pistit, előbb elzárkózott, nem akart beszélni az ezt követő időszakról. Tiszteletben tartottam az akaratát, és úgy gondoltam, nem keresem többet. Aztán eltelt kb. 2 hónap, és ismét összefutottam a nagymamával.

-Már épp keresni akartalak – mondta. Pisti úgy döntött, hogy leül veled beszélgetni.

Időpont-egyeztetés után a nagyszülőknél találkoztunk. Nagyon kedvesen fogadtak. A kertben, a diófa árnyékában ültünk le. Ide volt kitéve a kerti bútor. Az asztalon üdítő, és a nagymama által sütött túrós béles.

Ez volt az unokája kedvence. A nagyszülők egyedül hagytak bennünket. A beszélgetés nehezen indult. Így én meséltem el, amit a nagymamától hallottam. Aztán lassan Pisti vette át a szót. Nagyon nehéz időszak következett anyukám halála után. Édesapám egyre gyakrabban nézett a pohár fenekére, így próbálta fájdalmát enyhíteni. Nagyon szerette anyát. Egy idő után már úgy leitta magát, hogy rólam is megfeledkezett. Szerencsére ott voltak nagyiék. Rájuk mindig lehetett számítani. Egyre többet voltam nálunk. Édesapám meg egyre többet ivott. Egyik alkalommal nyitva hagyta a lakásajtót. Az, hogy nem raboltak ki bennünket, nagyapámnak köszönhető. Meglepte a tolvajokat. Így azok mindent hátrahagyva hanyatt-homlok menekültek. Ekkor nagyapám leült édesapámmal beszélgetni. Emlékszem, engem beküldtek a szobába, hogy kettesben maradjanak. Én, mint minden gyerek, kíváncsi voltam, így hallgatóztam.

Nagyapám azt mondta, ő megérti, és átérzi apukám helyzetét. Tudja, hogy mennyire szerette anyukámat. Hallottam, ahogy mindketten sírtak. Hidd el fiam nekem sem könnyű, de tovább kell lépni - mondta a nagyapám. Szedd össze magad! Itt van a kisfiad. Nézz rá! Láthatod benne Ancika vonásait. Őt fel kell nevelni. Ha így folytatod, nem lehet rád számítani. Gondolkodj el ezen! Ha úgy döntesz, hogy képtelen vagy változtatni, akkor mi felneveljük Pistikét. Ránk számíthatsz te is, és ő is. Nagy csend következett. Apám nem szólt semmit. Pár nap múlva leültünk a konyhaasztal mellé, és azt mondta nekem.

-Jelentkeztem az alkoholelvonó kúrára. Amíg meggyógyulok, nagyapádék vigyáznak rád. Magához szorított, megsimogatta a fejem. Mai napig megmaradt bennem ez az érzés. Annyira sokat jelentett nekem.

Pisti megállt. Szerintem újra átélte ezt az érzést.

Vártam, aztán megkérdeztem, hogy az iskolában hogyan alakultak a dolgai.

A tanító néni nagyon megértő volt. Több alkalommal külön foglalkozott velem, hogy ne maradjak le a tanulásban. Végig követte az iskolás éveimet, ha gond volt, rá mindig számíthattam. A mai napig felhívom a névnapján, és megköszöntöm, ilyenkor mindig beszélgetünk egy kicsit, hogy milyen terveim vannak, mivel foglalkozom.

Az osztálytársaim, szerintem a sajnálat miatt, de körülvettek, játszottak velem. Emlékszem, egy évfolyamtársunk el kezdett csúfolni, mert testnevelés órán nem tudtam felmászni a kötélre. Béna! Béna! –

mondogatta szünetben. Erre 4-5-en körbe fogták, és azt mondták neki:

-Meghalt az anyukája, te meg csúfolod? Hogy lehetsz ennyire szívtelen?

Lehet, hogy a tanítónő kérte meg őket, hogy vigyázzanak rám. Nem tudom. Nem kérdeztem, de két fiú a mai napig a legjobb barátom jóban, rosszban.

-Mi történt édesapáddal? Sikerült az elvonókúra? Igen, amikor hazajött egészen más lett minden. Meglepetésként nagyiékkal rendbe raktuk a lakásunkat. Szépen kitakarítottunk. Az udvart is átrendeztük. Nagyi finomat főzött,. Terített asztallal vártuk apát. Amikor belépett, örömmel ugrottam a nyakába. Megköszönte a nagyszüleimnek, hogy ilyen rendesek és megértőek, és segítenek nekünk.

- Új életet kezdünk kisfiam – mondta nekem.

-Be is tartotta. Nem ivott többet. Összehangoltuk az elfoglaltságainkat. Ő 7-től 16-ig dolgozott. Reggel együtt keltünk. Reggelit készítettünk. Én megetettem Morzsit. Rám bízta a lakáskulcsot, mert én mentem el később otthonról. Az iskola után nagyiéknál ebédeltem. Ott tanultam meg a leckét. Apa a munka után értem jött, és együtt mentünk haza. Közösen láttuk el a ház körüli teendőket. Emlékszem, egy kutyaólat készítettünk Morzsinak. Ez olyan jól sikerült, hogy többen rendeltek apától. Szinte dísze volt az udvarnak, így mindenkinek tetszett. Ami pénzt kaptunk érte, apa nekem adta, mert én festettem le teljesen egyedül.

-Előbb kerékpárra gyűjtöttem, később motorra.

Ahogy nőttem, egyre több közös munkánk volt. Sokat tanultam apától, lassan az asztalos munka már egyedül is ment. 12 évesen már polcot készítettem a szobámba. Azt mondta apa, jó érzékem van hozzá.

-Édesapád végig egyedül volt? – kérdeztem.
-Arra tetszik gondolni, hogy barátnője volt-e? –
Igen – válaszoltam.
Nem, évekig nem. Azt mondta, még nem képes rá,
nem jött el az ideje, hogy szívében anya mellett, egy
másik nő is elférjen. Most egy éve van egy élettársa. Rendes nő. Jól
kijönnek egymással. Örülök neki, hogy békés,
kiegyensúlyozott életet él, megérdemli.
-Talán visszakanyarodhatnánk az általános iskola
utáni időszakra – mondtam.
Tetszett az asztalos munka, de mégsem ezt
választottam. Apával sokat gondolkodtunk rajta,
hogyan tovább. Nem igazán tudtam, mit szeretnék,
ezért egy gimnáziumot választottunk. Tanulni
szeretek, s arra gondoltunk, így lesz időnk eldönteni,
mivel akarok foglalkozni. Minden nap busszal jártam
be a városba. Mindkét barátom tovább tanult, csak
más-más iskolában, így gyakran együtt utaztunk vagy
oda, vagy vissza. Rengeteg megbeszélni valónk volt,
így gyakran találkoztunk suli után is. Pali anyukája
ismerte anyát, több évig együtt dolgoztak. Ha náluk
találkoztunk, az olyan jó volt, sokszor beszélgettünk,
az édesanyjával. Annyira közvetlen, fiatalos
gondolkodású felnőtt, hogy szívesen elfogadtam a jó
tanácsait.
A lányokról vele könnyebb volt beszélnem, mint
apával. A gimiben nagyon tetszett egy lány. Csendes,
halk szavú, de nagyon kedves és gyönyörű.
Nem mertem közeledni hozzá, nem tudtam, hogy
kezdjem. Mit mondjak neki. Mi lesz, ha visszautasít,
és így tovább. Ezt a vívódásomat is elmondtam Pali
anyukájának. Ő adott nekem tippeket, és bátorított,
hogy kezdeményezzek. Apró figyelmességekre hívta

fel a figyelmemet. Éreztesd vele, hogy ő többet jelent a többieknél. Figyelj az adódó alkalmakra, sőt keresd is azokat. Pl. sorban álltok a büfénél, engedd magad elé, vagy ajánld fel, hogy megveszed neki, amit kér. Esetleg hívd meg egy sütire, vagy üdítőre. Tőle kérdezz, ha plusz feladatok vannak, mit kell elkészíteni? Mikorra kell leadni?

Ha úgy érzed, hogy elfogadja a figyelmességedet, akkor próbálj beszélgetést kezdeményezni vele. Meglátod, magától mennek a dolgok tovább.

Megfogadtam a tanácsait.

A jövő hónapban lesz egy éve, hogy együtt járunk Katával. Azóta is mondja, hogy annyira kedves voltam vele, olyan aranyos és egyben mókás, ahogyan őt mindig kitüntettem a figyelmességemmel.

-Romantikus voltál – mondja mai napig, de ezt ne hagyd el soha! Annyira jó, hogy van még ilyen.

Az orgonás történetre, amíg él, emlékezni fog.

-Apától hallottam, hogy régen volt egy népszokás. Május elsejére virradóan, májuságat, vagy orgonát csempésztek annak a lánynak az ajtaja elé, akit szerettek. Ő is vitte anyának, és anya mindig szeretettel beszélt erről, annyira örült neki.

Jött az isteni szikra, hogy én is viszek Katának. Honnan vegyem a virágot? A templom oldal tele volt orgonával. Éjfél lehetett, amikor egy metszőollóval elindultam orgonát szedni a templom kertből. A legszebb és legnagyobb ágakat vágtam le. Már jó nagy öllel szedtem, amikor a hátam mögött megszólalt egy hang.

-Hát te, mit csinálsz?

-A vér meghűlt bennem, úgy megijedtem. Ahogy megfordultam, a tiszteletes úr állt ott, és kérdően nézett rám. Alig jött ki hang a torkomon.

- Bocsánat tiszteletes úr, de Katának szedek virágot. Gondolom, az arcom elárulta a meglepődésemet, mert elmosolyodott, és azt mondta. -Legközelebb kérjél, szívesen adok. Aztán rámutatott egy ágra. Azt is vidd el, mert olyan gyönyörű. Örülök, hogy ezt a népszokást ismered. Tedd boldoggá azt a kislányt. Aztán igyekezz haza! Elég jól meg volt világítva a templomoldal ahhoz, hogy lássam az arcát. Hirtelen bevillant a gyerekkori kép, amikor a papi ruhában ott állt anya koporsója felett, és szép szavakkal búcsúztatta. Olyan szívbe markoló érzés volt.

A következő pillanatban már arra gondoltam, hogy viszem be a virágot Katáék udvarára, hogy a kutyájuk ne ugasson,és ne ébressze fel őket. Haza mentem, vettem egy darab kenyeret, a biztonság kedvéért kolbászt is. Apa álmos szemekkel jött ki a szobájából. Látta a rengeteg virágot és annyit mondott. Legyél óvatos, fel ne akadj a kerítésen, és visszament aludni. Katáék kutyája rohant a kerítéshez, nem ugatott megismert. Hálából odaadtam neki az ennivalót. A virágtól nehezen tudtam átmászni a kerítésen. A kabátom beakadt a kovácsoltvas díszbe, és reccs, az oldalán behasadt. Most már mindegy, gondoltam, és odavittem az ajtó elé a nagy öl virágot. Az ágak közt elrejtettem, egy papírszívet, amire azt írtam „Szeretlek Kata". Mint aki jól végezte dolgát, haza mentem, vártam a fejleményeket. Reggel csörgött a telefon, Kata volt.

-Köszönöm, Pisti. Annyira megleptél! Csodaszép a virág, és milyen rengeteg – mondta Kata, és a hangjából éreztem, milyen boldog.

Délután találkoztunk. Amikor elmeséltem neki, honnan szedtem a virágot, és mennyire megijedtem, amikor meglepett a tiszteletes, a hasát fogta a nevetéstől.

A szüleinek is el kellett mondanom. Kata annyira élvezte, ahogyan meséltem, hogy, azóta is, többször elmeséltette velem másoknak is. A kutyájuk etetését, a kabátom elszakadását sem hagyhattam ki. Ha a sors is úgy akarja, szeretném, ha ő lenne a feleségem. Erről még nem beszéltem neki, de amint adódik rá alkalom, megteszem. Remélem, ő is hasonlóan gondolkodik.

-A barátaiddal mi a helyzet. Mi változott Kata megjelenése óta? – kérdeztem.

Amikor el kezdtük a bejárást a suliba, sülve-főve együtt lógtunk. Moziba mentünk. Volt, hogy céltalanul lófráltunk a városban, és nézegettük a csajokat. Ha valamelyikünket buliba hívták, akkor mindhárman elmentünk. Amikor el kezdtünk járni a lányokkal, egyre kevesebbet találkoztunk. Tartjuk a kapcsolatot, de mindhármunknak komoly kapcsolata van. Megváltoztak a fontossági sorrendek. Amikor sikerül összehozni, a lányokkal együtt hatan megyünk buliba. Előfordul, hogy egy hónapig sem találkozunk, de én úgy gondolom, azért vagyunk barátok, mert megértjük egymást. Ilyenkor mintha tegnap beszéltünk volna, úgy üdvözöljük egymást.

Most még nehezebb lesz, mert jövőre érettségizünk, még kevesebb idő jut a szórakozásra.

-Tudod már hova mész tovább tanulni?

-Igen. Katával együtt az egyetem a cél.

-Esteledett, kezdett lehűlni az idő, szerettem volna még kérdezni, de láttam Pistin, hogy fáradt. Rá-ránézett az órájára, de nem akart megsérteni.

-Szeretnélek megkérni, szólj a tizenéves fiatalokhoz, adj nekik egy-két jó tanácsot.

-Rendben. Kicsit gondolkodott, aztán azt mondta:
-13-14 évesen úgy érzi az ember, hogy felnőtt,
mindent tud. Ő a legokosabb a világon. De ez nem így
van. Szüleit, tanárait megbántja. Nem fogadja el a jó
tanácsokat. Hallom, látom, ezeket a dolgokat. Mi is
bolondoztunk, de mindig a józanész határain belül.
Sokszor és sok minden nem tetszett, amit mondtak
nekem, mindig átgondoltam, és hirtelen „Nem" válasz
helyett, be kellett látnom, hogy igazuk van.
    Nem attól felnőtt egy fiatal, hogy 12 évesen
dohányzik. El tudja mondani, hogy már 2-3 partnere
volt. Kipróbálta a kábítószert, megverte a tanárát, éjjel
széttörte a parkban a padot, és folytathatnám tovább a
rossz dolgokat. Hanem attól,, hogy tud viselkedni.
Megtanulja úgy elmondani a véleményét, vagy azt,
amire „nem" a válasza, úgy közli másokkal, hogy ne
sértse meg azokat. Nem a rosszban, hanem a jóban
tűnik ki. Mutasson fel eredményeket a sportban, a
tanulmányi versenyeken, az idősek
megsegítésében…és így tovább. Úgy éljen, hogy soha
ne kelljen szégyenkeznie. Apa mindig úgy engedett el
engem „úgy viselkedj, hogy soha ne hozz szégyent
szegény anyád és az én fejemre"
    -Megköszöntem Pistinek, hogy rám szánta az
idejét.
    Az általa elmondottakkal, ha egy felnőttnek, vagy
egy fiatalnak a gondolkodásán változtatott pozitív
irányban, már megérte.

Máté 15 éves

Mátéval nehezen tudtam kapcsolatot teremteni, már fel akartam adni, amikor az egyik barátja segített. Meghallgatták az elképzelésemet mindketten. Misi jó ötletnek tartotta. Máté hallgatott, aztán elég ellenséges hangon kérdezte.

-Mi jó nekem abban, ha kiöntöm a lelkemet? Semmi nem változik. Miért tegyek én jót másokkal? Velem ki tesz jót?

-Igen. Jó a kérdés. Arra gondoltam, semmit nem érek el azzal, ha azt mondom, épp ezért legyél te más. Próbálj meg te adni, és akkor kapni is fogsz szeretetet, figyelmet, segítséget. Ő erre, vagy ehhez hasonló válaszra várt. Arra mondhatta volna, folytatva a támadást: ez lejárt lemez, ez duma, ma már ez nincs, és így tovább. Nem akartam ebbe belemenni.

Ezért azt válaszoltam neki: nem kényszerítelek rá, hogy beszélj magadról, csak megkértelek. A te döntésed. Azon kívül, hogy meghívlak egy ebédre, és közben beszélgetünk, én mást nem ígérhetek neked. Az emberek sokszor megkönnyebbülnek, ha kimondják azt, ami nyomja a lelküket. Én idegen vagyok neked, tehát nem kell visszafogni magad.

-Tudod – ami a szívemen, a számon. Adok egy telefonszámot, aztán majd meglátod.

Misivel másnap délután 14 órára beszéltünk meg egy találkozót. Eszünk egy (Mekis) kaját, közben beszélgetünk. A találkozó nem jött össze. Misi azt mondta, amikor felhívott – napoljuk el, mert, dolga van, majd egyeztetünk, ha, jó lesz, szól, de Máté ott lesz helyettem. Egyáltalán nem bíztam abban, hogy eljön. Ültem a teraszon, 10 perce vártam, amikor megérkezett.

-Bocs. Az orrom előtt húzott el a busz – mondta, aztán leült. Rendeltünk. Előbb általános dolgokról beszélgettünk. Próbáltam oldani a feszültséget, ami szemmel látható volt Mátén. Kérdéseket tettem fel a családjáról, az iskoláról. Előbb tőmondatokban válaszolt. Nehezen indult a beszélgetés. Ekkor elővettem a kéziratomat. Nézz bele. El kezdte lapozgatni. Aztán valakinél megállt, és olvasni kezdte. Amikor a végére ért, azt mondta: Most már értem, mi a lényeg. Ez, jó sztori, csak szomorú – mutatott Pisti történetére.

Annyi közös bennünk, hogy se neki, se nekem nincs anyám. Addig, amíg az övé meghalt, ami elkerülhetetlen volt a betegsége miatt, az enyém elhagyott, nem kellettem neki. Ez a rosszabb. Van, de még sincs.

Egy-két perc csönd következett. Mi minden nyomhatja a lelkét ennek a gyereknek. Csoda, hogy egy álarc mögé bújik? – gondoltam.

-Elmondod, hogy történt? – kérdeztem.

-Aha – válaszolta.

-Meg tudnád fogalmazni, hogy jutottatok el eddig? – tettem fel az újabb kérdést.

-Megpróbálom – jött a válasz.

A szüleim lakáshitelt vettek fel. A tv-ben lehet erről a devizahitelről hallani. A mienk is ez volt. Apának megszűnt a munkahelye. Hiába próbált állást találni, nem sikerült. Nem volt pénzünk. Anya a húgommal volt otthon, mert 2 éves. Ő is keresett munkát, de hiába. Elkezdtek otthon méretre igazítást vállalni, mert varró a szakmája. Apa egy-egy alkalmi munkát kapott, de ez nem volt elég. Így nem tudtuk fizetni a részleteket. A bank elvette az otthonunkat. Anya albérletbe akart menni. Apa ragaszkodott ahhoz, hogy nagyanyámhoz, az ő anyjához költözzünk. Így nem kell albérletre pénzt kiadni. A baj ekkor kezdődött igazán. A nagyanyám soha nem szerette az anyámat, ez kölcsönös volt.

Egy hónap sem telt el az odaköltözésünk után, elkezdődött a szurka-piszkálódás, áskálódás kettejük között. Apa volt a villámhárító. Ez így ment egy darabig. Egyre gyakoribb lett a veszekedés. Ordibáltak egymással, aztán duzzogtak. Anya ekkor azzal állt elő, hogy így nem mehet tovább. Ő elköltözik, ha apa nem akar jönni, maradjon. Ez újabb veszekedés-hullámot jelentett. Egyik alkalommal annyira eldurvult a helyzet, hogy anya szidta apa anyját. Ezt nagyanyám meghallotta. Jó ürügy volt számára, hogy támadásba lendüljön. Szó, szót követett. Apa úgy pofon vágta anyát, hogy elesett. Meghúzódott a lába. Csúnyán felvörösödött az arca, füle. Anya felkapta a húgomat, és elment a barátnőjéhez. Nekem annyit mondott – hívlak. Rosszul esett, hogy miért nem kérdezte meg, hogy megyek-e vele. Ha őszinte akarok lenni, akkor azt vártam, hogy kérdezés nélkül azt mondja – öltözz Máté – elmegyünk. Ha igazán szeretett volna, akkor fel sem merülhetett volna benne, hogy nélkülem, megy el. Apa is elment otthonról. Hajnalban jött haza, hulla részegen. Alig tudtuk az ágyra fektetni nagymamával. Ahogy kettesben maradtunk nagyival, el kezdett oltogatni az anyám ellen.

-Látod, itt hagyott. Milyen anya az ilyen. Én soha nem tettem volna ilyet. Elvinni az egyik gyereket, a másikat itt hagyni. Még ilyet? Nehogy azt hidd, hogy nem örülök annak, hogy itt vagy. Hidd el, jól megleszünk hárman. Holnap elmegyünk, és megveszem neked azt a bőrfocit, amit kinéztél. Ennek akkor örültem. Olyan régen szerettem volna egy bőrlabdát.

-Mennyi ideje történt ez?

-Két hónapja.

-Akkor elég friss ez az esemény – mondtam.

-Keresett édesanyád?

-Igen. Másnap.

-Mit mondott? – kérdeztem.

-Azt, hogy szeretné, ha vele lennék, de szűk a barátnője lakása, és nem férünk el, ha én is ott vagyok. Tartsak ki. Keres albérletet, és szeretné, ha együtt lennénk.

-Mekkora lakásról van szó?

-Minigarzon – mondta Máté.

-Az tényleg elég kicsi. Egyedül él a barátnője anyának?

-Nem. A húgával, aki egyetemista.

-Máté! Belegondoltál mennyi hely az, három felnőtt és egy kisgyerek számára – kérdeztem.

-Bele, de akkor is nélkülem ment el.

-Anyukád azt mondta, albérletet keres, és szeretné, ha vele laknál. Nem?

-Te mit válaszoltál?

-Jó nekem apával és nagyival – elcsuklott a hangja, ahogy ezt kimondta.

-Mit mondott anyukád?

-Nem tudok semmit, mert kinyomtam a telefont – próbálta tartani magát Máté, de éreztem, küzd a sírással.

Úgy gondoltam, addig, amíg összeszedi magát, megpróbálom a helyzetét más oldalról megmutatni.

Képzeld el az édesanyád helyzetét. Egy felfokozott idegállapotban volt, nem csak szóban, hanem tettlegesen is bántást kapott. Ilyenkor az ember sokszor azt sem tudja, mit tesz. Szerintem ösztönösen fogta a kicsit, mert ő még gondozást igényel, és csak az volt az agyában, innen elkel, menjek.

Azt mondta neked, hív. Ő felnőttként kezelt téged. Másnap megtette, telefonált. Mit mondott? – Mindkettőtöket szeretne maga mellett, egy új albérletben. Képzeld el, milyen az ő helyzete. Igazad van abban, hogy, miért nem azt mondta, amikor elment, gyere Máté, elköltözünk.

Ezt meg kellene tőle kérdezned. El kellene mondanod, ami bánt. Lehet, ha meghallgatod anyukádat, olyan választ kapsz, ami megérteti veled az akkori cselekedetét. Gondolom, teljes a káosz benned. Szeretnéd, ha a szüleid együtt élnének, mert mindkettőt szereted, és nem tudod eldönteni, melyikőjükkel szeretnél élni. Ez természetes. Ez az érzésed helyes. Felnőttnek is megpróbáltatást jelentene a helyes döntés. Lássuk be, lehet, hogy komoly gondolkodású vagy, de akkor is gyerek, akinek még kevés az élettapasztalata.

Kérlek Máté, adj lehetőséget anyukádnak, hogy tisztázza a helyzetet. Így megkönnyíted a döntésedet. Az élet kiszámíthatatlan. Nem kizárt, hogy a szüleidet az egymás iránt érzett szeretet újra összehozza. Reméljük, képesek lesznek átvészelni ezt a nehéz helyzetet. Azt mondják, az idő mindent megold. Bízzunk abban, hogy egyszer még egy család lesztek.

-Édesapád? – kérdeztem.

-Mindig szomorú, próbál munkát keresni.

Nagyinak elég csúnyán a tudtára hozta, hogy őt okolja anya elköltözéséért. Azt mondta, hogy nagyanyám mindig el akarta marni apától anyát. S reméli, most boldog, hogy sikerült neki.

Szerintem Máté ezek arra utalnak, hogy apukádat bántja, ami történt, mert még mindig szereti anyukádat.

Próbálj meg vele is beszélgetni. Szerintem erőt adnál neki, ha elmondanád, hogy szeretnéd, ha újra egy család lennétek. Közös albérletet kellene keresni, és inkább összehúznátok magatokat addig, amíg munkát talál, és az anyagi helyzetetek javul.

A nagymamát nem kell bántani, ő már nem fog változni. Talán ha azt látja, hogy a szüleid ragaszkodnak egymáshoz, kénytelen lesz belátni, hogy nem az a helyes, ha szétrobbantja őket, mert így még a fia is ellene fordulhat, hanem az, ha békén hagyja a szüleidet és elfogadja édesanyádat. Bízzunk ebben. Máté szeme felcsillant.

-Arra gondoltam, hogy én is keresnék munkát, és akkor besegítenék a szüleimnek.

Ez a gondolat láttam, feldobta a gyereket, és tele volt elképzeléssel, ami a szülei összehozására irányult. Úgy éreztem, szívesebben azonnal elköszönne, hogy mihamarabb neki lásson tervei megvalósításához.

Máté, én arra kérlek, hogy fejezzük most be a beszélgetést, és találkozzunk 2-3 hónap múlva. Szeretném megtudni, és megírni, hogy mi lett veletek.

-Benne vagy? – kérdeztem.

-Igen! – jött a válasz. Egy csillogó, izgalommal teli szempár nézett rám, amikor elköszöntünk. Adja a jó ég, hogy sikerüljön, hogy újra egy család legyenek.

Vajon hány család élete ment tönkre az ország gazdasági válsága miatt. A francia frank-hitel hány család feje fölül vette el a lakás, és tette boldogtalanná az egész családot?

Három hónappal később:

-Csupa jó hírem van. Újra együtt a családunk. Apa bocsánatot kért anyától, amiért megütötte, és megígérte, hogy soha többé nem fordul elő. Én hiszek neki, hisz korábban sem történt ilyen. Szerencsére anya is így gondolja. Munkát is talált. Igaz, nem a legjobban fizető, de így tudunk albérletet fizetni.

A várostól 10 km-re költöztünk egy faluba. Nagyon jó a buszközlekedés, így nem akadályoz semmiben minket. Egy kertes házat bérlünk, hatalmas udvarral. Szeretnénk egy kutyát is később.

Anya talált egy 4 órás állást. Itt a faluban dajka az óvodában. Ősztől a tesóm is megy vele. Úgy tűnik, rendeződnek a dolgaink.

Ami nekem külön öröm, nagyon jó fej szomszédaink vannak. Gréta egy évvel fiatalabb, mint én, de együtt járunk a busszal a városba. Minden reggel becsenget, amit én már indulásra készen várok. Nagyon széplány, és jókat lehet vele dumálni. Lehet, hogy beleszerettem? Ez a kezdet. Meglátjuk.

Mátéból ömlött a sok jó kérdezés nélkül. Érezhetően megelégedett, boldog. Ez nekem is feldobja a hangulatomat. Így egy hirtelen döntés alapján. Megígértem neki, hogy az első könyvem az övé lesz emlékbe, dedikálva. Erre azt válaszolta:

-A szüleimnek adom, olvassák el, amit róluk tetszett írni. Remélem, ők is megtudják, hogy honnan merítettem az energiát, kitől kaptam az ötletet és a bátorítást, hogy kezembe vegyem a családunk sorsát. Én beszéltem apával. Azt mondtam neki:

-Tudom, hogy szereti anyát és minket is. Azért küzdjön, hogy újra egy család legyünk. Hozzon áldozatot. Lehet, hogy a nagyinál nincs 50-60.000 Ft-os albérlet, de tudomásul kell vennünk, hogy anya és nagyi nem csípik egymást a kezdetektől, és ezt kár erőltetni. Mindezt a cirkuszt elkerülhettük volna, ha ezt tudomásul vesszük, és az anya tiltakozását elfogadjuk, amikor nem akart nagyihoz költözni. Ő nem akarta apát megbántani azzal, hogy kimondja, „a nagyival nem tud kijönni", ami be is igazolódott. Lehetne kutakodni, hogy mi ennek az oka, de nincs értelme. Nekünk a családunk a fontos. Szeretjük egymás, és együtt akarunk élni. Apa gondolkodott az elmondottakon, és elment megkeresni anyát. Ezt én a saját érdememnek könyvelem el.

Anyával még apa előtt beszéltem. Becsöngettem a barátnője ajtaján, anya nyitott ajtót. Amikor meglátott, sírva fakadt. Máté, hogy gondolod, hogy nekem te nem vagy fontos, az életemet odaadnám érted – zokogta. Istenem, de jó, hogy itt vagy. Úgy szorított magához, hogy alig kaptam levegőt. A tesóm aludt. Így tudtunk beszélgetni. Máté, én azt sem tudtam, mit teszek, apa soha nem ütött meg. Ez olyan megdöbbenés volt nekem, hogy szinte nem tudtam gondolkodni. Csak az, forgott bennem, innen el! Innen el! A tesód annyira pici, hogy őt ösztönösen kaptam fel.

Nem tudom megmagyarázni, miért, de téged felnőttként kezeltelek. Tudtam, hogy a barátnőm lakása picike, nehezen férünk el nála, de azt, hogy miért nem azt mondtam: „Máté, gyere, megyünk!" azt a mai napig sem tudom megmagyarázni magamnak. Hidd el, olyan zavarodott voltam, nem volt szándékos, soha nem tudnék nélküled élni. Ez az eltelt idő teljesen tönkre tett. Nézd meg, 10 kilót fogytam, de ez a legkevesebb. Arra gondoltam, ha találok egy jó albérletet, akkor meg fogsz érteni, hiszen soha nem voltunk rosszban, és eljössz hozzám. Nem hagyod, hogy egyedül a tesóddal maradjak. Amíg ezt elmondta: ölelt, szorított, puszilt. Szuper jó érzés volt. Minden haragom elszállt, és csak örültem a pillanatnak. Magamba szívtam anya illatát, ami már annyira hiányzott. Valami megmagyarázhatatlan nyugalom töltött el. Jó érzés volt. Anya ölelt. Tudom, hogy nagyon szeret, és azt is tudom, hogy tennem kell valamit, mert mi egy jó család vagyunk, akik szeretik egymást, és nem hagyhatom, hogy ez, tönkre menjen egy hülye, banki tranzakció miatt. Most kell megmutatnunk, hogy összetartozunk a bajban, és képesek vagyunk leküzdeni ezt a problémát úgy, hogy újra együtt a család.

-Amikor leültünk, anya elmondta, hogy vidéken talált egy albérletet. Elfogadható az ára, nagy a kertje. Szerinte ideális otthon lesz. Jó a közlekedése.

Ekkor közbevágtam.

-Anya, apa szenved. Látszik rajta, hogy megbánta, amit veled tett. Nehezen teszi meg, hogy eljöjjön hozzád, és tisztázza a dolgokat. Mondd meg őszintén, meg tudsz neki bocsájtani, ha erre sor kerül. Szereted még?

Anya újra sírt. Hatalmas könnyei egymás után peregtek le az arcán.

-Igen, kisfiam – mondta. Apád mindig jó ember volt, szerető családapa. Sokszor végig gondolom a dolgot, nem kellett volna szidnom az anyját. Nem tudom miért tettem. Annyira elborult az agyam, hogy nem voltam beszámítható állapotban, csak mondtam, ami jött, kontroll nélkül. Lehetőséget adtam nagyanyádnak, hogy ezt felhasználva, ellenem, fordítsa apádat.

-Anya, ebbe ne menjünk bele! – szakítottam félbe. A nagyinak van egy természete, amit nehéz elfogadni. Én megértelek téged. A kettőtök közötti ellentét nem enyhíthető egyelőre, mert annyira más gondolkodású emberek vagytok.

A nagyi egyedül nevelte fel apát. Így szorosabb a kapcsolatuk, mint általában. Ezt ő mondta nekem. Sőt, tudd meg, még azt is mondta, hogy ő nem akarta, hogy a dolgok így alakuljanak, és ti külön váljatok. Én sem szeretném, hogy ez így maradjon, és mindent megteszek, hogy újra egy család legyünk.

Anya hallgatott, és csak simogatta a vállam, ahogy magához húzott, amíg beszéltem. Aztán mindketten csendben voltunk, én élveztem az anyai simogatást, ami felidézte bennem, amikor esténként anya simizte a hátam, és megnyugtató érzéssel aludtam el. Olyan jó volt. Aztán elköszöntem. Ekkor beszéltem apával. Szóval így volt.

-Mindent köszönök – mondta nekem. Fel tetszett nyitni a szemem. Eltetszett indítani a gondolatomat, hogy én is tehetek valamit a családomért. Ez sikerült. Köszönöm, még egyszer köszönöm. Annyira hálásan nézett rám, hogy egy könny csordult ki a szememből. Ez a boldogságtól volt.

Imi 17 éves, meghalt

Imi édesanyjával beszélgetek.

-Azért mondom el a történetet, mert szeretném, ha okulnának belőle az emberek. Komolyan vennék gyermekük felnőtté válásának időszakát. Rákészülnének, és akkor nem követnék el azt a hibát, amit mi a férjemmel.

-Imi már nem mondhatja el, hogy mit érzett, miért tette azt, amit tett. A férjemmel sok átvirrasztott éjszakán kerestük a magyarázatot. Amit elmondok, azt mi így gondoljuk, de lehet, hogy tévedünk. Imrus már nem tudja helybenhagyni, vagy kijavítani a történetet.

-Kedves, kissé zárkózott kisfiú volt. Édesapja szerette volna, ha harciasabb, küzdésre vágyó gyermeke van, de Imrus nem volt ilyen. Hiába akarta a férjem, hogy járjon olyan edzésre, ahol küzdősporttal foglalkoznak, neki nem volt hozzá kedve.

Férjem rendőr volt, és szerette volna, ha egy szem fia igazi férfias kiállású, kemény gyerek. Imruskánk anyai nagymamánkra hasonlított vonásaiban és alkatilag is. Vézna kisfiú volt, és a társainál mindi alacsonyabb. Az általános iskolában soha semmi baj nem volt vele. Ő nem ment bele a vitákba, a háttérben maradt. Soha egy beírás az ellenőrzőjében nem volt. A tanítónők és később a tanárnők mindig azt mondták, áldott jó gyerek. Szófogadó. Igaz, csendes, de rendesen tanuló gyerek.

-Marikám, a férjed éreztette vele, hogy szeretné, ha másabb lenne? Arra gondolok, hogy mozgékonyabb, verekedősebb, harciasabb, aki kiáll a maga igazáért.

- Sajnos, igen. Mindig mondogatta neki: „Miért hagyod, hogy a többiek ugráltassanak, miért te szaladsz mindig a kigurult labdáért? Nenjen más, rád vannak kapva" oltogatta a férjem a gyereket.

-„Apa, én szeretem így. Nekem így jó" – jött a válasz.

- Az anyád seggét jó! Mi vagy te, anyám-asszony katonája, akivel azt tehetnek, amit akarnak?

-„Nem apa" – hallom még mindig a hangját. „Az erőszak, a vita nem old meg semmit"- mondta az én drágám az apjának. Néha én is belefolytam, és a gyerek oldalára álltam. „Apa, ne csesztesd már a gyereket. Nem lehet mindenki olyan határozott és kemény, mint te." Ő még most alakul. Még lehet olyan, amilyennek te szeretnéd. A férjem ilyenkor dünnyögött az orra alatt. Legtöbbször azt, hogy „kutyából nem lesz szalonna", és ment beletörődve a helyzetbe végezni a dolgát. Az, hogy Imruskámban ez milyen lelki nyomott hagyott, azt nem tudom. Utólag visszagondolva, elég sokszor akarta a férjem, hogy más viselkedésű legyen. Elevenebb, életrevalóbb, és ennek hangot is adott.

Nem szeretném ezzel a férjemet okolni a történtekért. Épp elég az, hogy ő azt teszi. Az általános végén, mivel nem tudtuk eldönteni, hogyan tovább, ezért gimnáziumba felvételiztettük Imrust. Az első napjai a gimiben, ahogy emlékszem, jó benyomással végződtek. Fiúk voltak többen, de valahogy úgy jött össze az osztály, hogy nem voltak közöttük problémás gyerekek. Egyik év után jött a másik. 3-4 fiú jobban összetartott, és ebben volt Imikém is. Továbbra is jó magaviseletű gyerek volt.

A fiúk szerették, mert nem ellenkezett, tette, amit mondtak neki. Nem volt rossz tanuló, de kiváló sem, olyan 4-es körüli. Visszaemlékezve, olyan szépen, nyugodtan teltek a gimis évek. Sokszor, amikor nálunk gyűltek össze, és eltöltöttek egy délutánt, vagy szalonnát sütöttek a kertben, a férjem mindig azt mondta „nézd meg a többiek milyen életrevalóak, van külön véleményük." A mi Imink meg, mint egy szolga, kiszolgálja őket, csendes, alig szólal meg. Nem szeretem én ezt.

-Jó gyerek. Nem lehet mindenki nagyszájú, aki kiharcolja, hogy rá figyeljenek. Ő nem ilyen. Fogadjuk el így, ahogy van! A férjem nem mondta ki, de érezhető volt, hogy ő nincs megelégedve a gyerekkel. Ő szeretne dicsekedni a kollegáinak, ahogy azt mások is teszik. „Most ezt csinálta a fiam, most azt. Most ezért kellett fegyelmeznem, most azért!" Ő ebbe nem folyhatott bele, mert Imrusnak nem voltak esetei, amit el lehetett volna mondani. Ez bántotta a férjemet. Főleg, amikor rá is kérdeztek. „Nálatok hogy van ez?" Ő csak azt tudta mondani „Imi csendes, visszahúzódó, vele nem történik semmi említésre méltó."

-Tudod, annyit gondoltam arra, hogy nem kérdeztem a szótlanságáról. Soha nem kerültünk olyan viszonyba, hogy a belső, őt bántó dolgokról beszéljünk. Nem próbáltam megérteni őt. Nem kerestem a visszahúzódás okát, pedig látnom kellett, hogy csendesebb a társainál. Nem felszabadult, olyan, mint aki valami súlyos terhet visel, de nem beszél róla.

Könnyebb volt behunyni a szemem, és azt mondani „ő ilyen gyerek. Örüljünk neki, hogy nincs vele gond."

De ez volt a jó? – Nem! Tettem fel ezerszer a kérdést, és válaszoltam is rá. Nem! Nem! A 15-17 éves ellentmond, lázad, vitatkozik, nem fogadja el, amit akarunk neki. Harcol az igazáért, az önállóságáért. Pont az ellenkezőjét teszi annak, amit elvárnak tőle.

Mindig oda lyukadok ki, ha keresem az okot, lehet, mai napig élne a fiúnk. Ő nem fordult hozzánk segítségért. Miért? Nem mert?

-Azt tudom rá válaszolni, hogy nem érezte úgy, hogy megoszthatja velünk a gondjait. Ezért mi vagyunk a hibásak, mert a férjemmel i nem értük el, hogy a gyerek úgy érezze, szüleinek beszélhet arról, ami bántja őt, mert segítséget, megoldást kaphat tőlük.

Annyiszor átgondoltam már. Ezt nagyon elrontottuk. Nem figyeltünk eléggé az egy szem gyerekünkre.

Eljött az utolsó év, az érettségi elég komoly nyomást jelent a gyerekeknek. Megkapják az érettségi tételeket, és elkezdtek rá készülni. Volt olyan pedagógus, aki órán átbeszélte a gyerekekkel, és közre adott egy-egy kidolgozott példányt, amit ők maguknak sokszorosítottak. Mindenki készült. Imruskám is. Az eddigi csendesség, visszahúzódás még erősebb lett. Elvonult a szobájába, alig beszéltünk. Úgy kellett lekönyörögni, vacsorázni is. Az asztalnál, ha kérdeztük, tőmondatokban válaszolt. Ilyenkor a férjem vette magához a szót, és beszélt a rendőrségen történtekről, mi meg hallgattuk Imrussal. Arra fogtuk a szótlanságot, hogy komoly feladat előtt áll, és ez az oka. A barátai is ritkábban jöttek, ő is alig mozdult el hazulról. Megkaptuk az írásbeli időpontját, két nap volt még hátra. Este megvacsoráztunk úgy, mint máskor. A férjem elmesélte, mi történt aznap, és mindenki elköszönt. Imrus visszament a szobájába. Mi a férjemmel még kicsit tévéztünk, aztán lefeküdtünk. Ekkor láttuk utoljára élve a fiúnkat. Marikának elcsuklott a hangja és sírt. Hatalmas nagy könnycseppek peregtek le az arcán. Csendben ültünk, mintha megállt volna az idő. Béke volt és nyugalom. Az agyam nem pörgött, nem voltak gondolatok. Vártam a folytatásra. Arra, hogyan hallom Marikától mindazt, amit mástól már rég tudok.

Nem tudom mennyi idő telt el. Soknak tűnt. Ez a készenléti állapot az idegvégződéseimet teljesen próbára tették. A nyugalom csak a látszat. A valóság egy mérhetetlenül feszült, idegtépő időszak volt, tele szorongó várakozással. Hogyan élte meg Marika egy szem gyermeke elvesztését? A pillanat, ami mindent megváltoztatott az életében, neki is és férjének is.

-Mindig a férjem kelt fel először. Ő főzte meg a reggeli kávét. Feküdtem az ágyban, ébredeztem, amikor annyit hallottam. „Marika" Ebben minden benne volt. Segélykérés, megdöbbenés, kétségbe esés. Mi a baj? – kiáltottam, és hálóingben szaladtam a konyha felé. A férjem akkor már a kezében egy nagykéssel rohant a bejárati ajtó felé úgy pizsamástól. Én ösztönösen követtem. Kinyitotta az ajtót, rohant le a lépcsőn, én követtem. Nem kérdeztem, éreztem, nagy a baj. Nem gondolkodtam, hogy miért van nyitva az ajtó, minek a kés, miért kell rohanni. Csak futottam utána. Ahogy a ház sarkánál befordultam, megláttam a nagy diófát.

- Ekkor, elkezdett zokogni Marika, és én vele együtt. Tudtam, mi következik. Átéreztem a helyzetet, és ennyi év után is, felkavart még engem is.

-Imruska vézna teste ott lógott egy kötélen. Pizsamában volt. Élettelennek tűnt. Az események innentől gépiesen működtek. Egy „jaj" hagyta el a számat. A férjem felállította a létrát, neki támasztotta a fa törzsének. Felmászott. Rálépett egy vastag ágra. Én másztam utána.

Neki támasztotta a hátát egy ágnak, fél karjával átölelte Imrus testét, megemelte, a kést kiejtette kezéből, mert a hurkot le tudta venni a fiúnk nyakáról. Vállára dőlt gyermekünk merevedő teste.

Én lemásztam, megtartottam a létrát. A férjem lehozta a gyereket és lefektette a fa alá. Álltunk és néztünk megdermedve. Nem beszéltünk, nem sírtunk. Nem tudom mennyi idő telt el.

Mintha egy érzéketlen fabáb lennék, álltam, mint akinek földbe gyökeredzett a lába, és nem gondolkodtam. Mint aki nem vesz tudomást a külvilágról. Nem fogtam fel, hogy mi történt. Leblokkolt az agyam, lehet, így védekezett, hogy nem reagált semmire. Nem engedte, hogy ez az információ értelmet kapjon. Álltam mezítláb. Nem tudom, mennyi idő telt el, a férjem szólalt meg: - Megyek, értesítem a hivatalos szerveket. Nem reagáltam csak álltam ott tovább. Mikor visszajött, fel volt öltözve. Kért, vegyek magamra valamit. Azt, hogy hogyan öltöztem fel, nem tudom. Amikor ismét kimentem, letérdeltem, és csak simogattam Imrus kezét, és azt hajtogattam, „Istenem, Istenem, miért?" Megjött a rendőrség, a mentők. Rideg érzéktelenséggel végignéztem, ami történik. Nem reagáltam, csak azt hajtogattam: Miért? Miért?... Nem tiltakoztam, amikor kaptam egy injekciót. Tettem, amit mondtak, amit a férjem mondott. Végig néztem, ahogy elviszik őt. Nem ordítottam, nem akartam visszatartani.

Semmit nem tettem úgy, ahogy életében sem, hogy segítsek rajta.

-Hosszú csend következett. Marika valahol messze járt. Elvitték őt a gondolatai egy másik időbe, egy másik helyre.

Ránéztem, mély karikák ültek a szeme alatt. Egy fájdalomtól meggyötört arcot, és távolba meredő tekintetet láttam.

-A nappaliban ébredtem fel. Az első percben arra gondoltam, lehet, álom volt az egész, de hamar, kiderült, hogy valóság. Rá kellett csak nézzek a férjemre, aki a megszokott karosszékében ült. Kisírt szemmel nézett rám. Újra eleredtek a könnyei. Egy fehér lapot tartott a kezében. Ez volt fiúnk búcsúlevele. Hirtelen egy kettősség volt bennem, akartam is tudni mi van benne, hogy tudjam, miért akasztotta fel magát a mi gyermekünk. Mi lehetett, amiből nem volt kiút. Aztán volt bennem egy félelem is attól, amit megtudok, aztán csendben felültem, és a férjem, felém, nyújtotta a levelet.

Amikor olvasni kezdtem, eleredtek a könnyeim.

Bocsánatot kért tőlünk, amiért így hagyott itt bennünket. Azt írta, neki így jobb. Nem akar harcolni senkivel. Nem akarja, hogy ujjal mutogassanak rá, mert ő más, mint a többi. Nem akarja, hogy szégyenkezzünk miatta, amiért ő a saját nemét szereti. Tudja, hogy édesapját ez a tudat mennyire megviselte volna, ha elmondja. Ezért nem tette. Ha nem lehetünk rá büszkék, akkor nem érdemeljük azt, hogy szégyenkeznünk kelljen miatta. Fél az érettségitől is, inkább elmenekül a halálba. Tudja, hogy ezzel fájdalmat okoz nekünk, de higgyük el, sokszor átgondolta.

Minket nézett, amikor döntött. Mi a jobb? Elsiratni őt? – Az emberek találgatnak, de minden csoda három napig tart – vagy felvállalni, hogy azt suttogják a hátunk mögött: ezeknek homokos a fiúk. Soha senkinek nem mondtam el a titkomat, kérlek, őrizzétek meg ti is! Aztán elköszönt tőlünk.

Tartottam a kezemben a levelet. Tehát ezért.

-Nem szeretnék az ezután történtekről beszélni – mondta Marika. Tíz év telt el. A fájdalom enyhült. Nagyon sokszor elolvastuk, átbeszéltük azt a levelet, és a helyes megoldást kerestük. Mit értünk el vele? Semmit. Imit már nem hozza vissza senki.

Azért döntöttünk úgy, hogy elmondom, mert ha egy gyerek szüleit ébresztünk rá arra, hogy baj van, cselekedjen, nézzen a dolgok mélyére, amíg nem késő, akkor már megérte.

Semmi jelét nem láttuk, hogy őt a saját neme érdekelné. 17 éves volt… Feladta. Nem akarta elmondani. Lehet, ha beszélgetünk a másságról, hogy mi róla a véleményünk, akkor elmerte volna mondani. Nem emlékszem rá, hogy valamilyen formában ez szóba került volna. Azon gondolkodtunk a férjemmel: vajon amikor hallottunk egy-egy hírességről, aki felvállalta a nemi hovatartozását, nem mondtunk-e elítélendő véleményt, amiből neki az, jött le, hogy titkolnia kell előlünk.

-Nem tudjuk, de azt igen, hogy valamit nagyon rosszul csináltunk. Nem foglalkoztunk vele, hogy nem elég nyitott felénk. Bemagyaráztuk magunknak, hogy ő ilyen, ilyen a természete. Nem gondoltunk arra, hogy ez nem természetes, hogy valamit titkol, és ez nyomasztja. Mindig oda lyukadunk ki, hogy nem volt elég bensőséges a kapcsolata egyikünkkel sem, ezért nem osztotta meg velünk a gondolatait. Ki tudja, hogy mi alapján hitte magáról, hogy meleg. Lehet, hogy tévedett. Annyi ilyen, és ehhez hasonló gondolatunk volt. Véget nem érő feltételezések. Mi lett volna ha....?

-Egy kis csend következett. Marika talán belül, kimondhatatlanul egy újabb kérdést tett fel magának. Nem tudom. Aztán ennyit mondott: ma már ne beszéljünk erről. Tényleg igaz, hogy az idő múlása enyhíti a fájdalmat, de meg nem szünteti soha. Szépen, csendben éljük az életünket. A maga után hagyott űr megszűnt. Gondoltunk arra, hogy örökbe fogadunk egy gyermeket. Aztán elvetettük. Féltünk, hogy újra hibázunk. Most egymásnak élünk a férjemmel. Annyi letett pénzünk van, ami ha baj van, elég, a többit utazásra fordítjuk. Ez éltet bennünket. Minél több helyre eljutni. Ezért dolgozunk, ebben találjuk meg az örömünket. Az utazásokról, az élményekről beszélünk tovább. Néha egy-egy mosolytalan nevetést is láthattam, hallhattam, és ez jó érzéssel töltött el. Sokat szenvedett. Az önmarcangolás mély nyomokat hagyott az arcán. Hogy megérdemelte, vagy nem érdemelte, az örökre kérdés marad, mert erre biztos választ adni nem lehet

Mariann 21 éves

Mariann szüleivel beszélgetek. A gyermekükkel a kapcsolatuk zátonyra futott. Vajon miért? Erre keressük a választ. Lehet, hogy önök másként cselekedtek volna, mint azt a két szülő tette. Ebből is rengeteget lehet tanulni, hogy ne essünk ugyan ebbe a hibába. Mariann egy Miskolc melletti kis faluban született. Szülei mindent megadtak neki, amit csak lehetett, mivel ő egy szem gyerek volt a családban. Szerettek volna testvért is, de az nem jött össze. Orvoshoz nem fordultak. Ilike – Mariann édesanyja azt mondta:

-Úgy beszéltük meg a férjemmel, hogy a sors, ha úgy akarja lesz kistestvér, hanem, akkor belenyugszunk, hogy egy gyerekünk született. Nem védekeztek, de terhesség nem jött létre. Most már a biológiai óra leketyegett. Lehet nem véletlenül alakult ez így. Kitudja?

Tehát az alapfelállítás az, hogy Ottó, Ilike és Mariann alkotott egy családot. Az anyuka ragadja magához a szót.

-Mariann nagyon jó tanuló volt a kezdetektől fogva. Szinte alig kellett vele tanulni, már első osztályos korától ragaszkodott ahhoz, hogy ő egyedül tanul, mert tudja, mit kell tennie. Előbb kétkedve fogadtuk ezt az akaratát, de olyan meggyőződéssel közölte velünk, hogy azt mondtuk a férjemmel, lássuk, hogy mennek a dolgok, legfeljebb besegítünk, ha úgy látjuk, hogy szükséges.

Követtük napról-napra a munkáját, és el kellett fogadnunk, hogy precízen, ahogy a nagykönyvben meg van írva, tette a dolgát.

Hazajött az iskolából, nem volt napközis, mert én az első évet az iskolának szántam, hogy tudjak vele foglalkozni. Jól álltunk anyagilag, megtehettük. A férjem jól keresett. Mindig azt hallottuk mindenkitől, hogy első osztályban mellé kell ülni a gyereknek, mert itt kapja meg az alapokat, ami meghatározza a későbbi tanulását. Nekem az volt a feladatom, hogy leellenőrizzem a kész munkát. Szinte elvétve találtam benne hibát. Ha találkoztam Mariann osztályából szülőkkel, és elkezdtünk beszélgetni, mindenki a nehézségeket emelte ki. Szinte félve mondtam, hogy a mi gyerekünk az első perctől kezdve teljesen önálló. Segítséget nem igényel. Attól féltem, hogy a szülők nem hiszik el nekem, és nagyképűnek, vagy netán hazugnak tartanak, holott ez volt a színtiszta igazság.

Ottónak mindig mondtam. Én úgy látom, összehasonlítva más gyerek szüleitől hallottakkal, hogy a mi a gyerekünk viselkedése nagymértékben eltér az átlagostól.

-Mariann minta-gyerekként tette a dolgát. Úgy beszélt 7 évesen, mint egy felnőtt. Játék helyett bújta a könyveit. Ő mindig előre tudta, ami következett az iskolában. A tanító néninek is feltűnt.

Arra gondolt, hogy mi tanulunk előre vele, de egyszer összefutottunk az utcán, és megálltunk egy pár mondat erejéig. Ebből több mint egy óra beszélgetés lett. Azt mondta, nem akart a szülői értekezleten kitérni, más szülők előtt erre, de úgy látja, hogy Mariann sok mindenben más, mint társai. Nem látja őt önfeledten játszani. Nem rosszalkodik. Soha semmiért nem kell megszólítani. Teszi a dolgát, ahogyan az a nagykönyvben meg van írva. Elmondtam, hogy teljesen önálló. Keveset mesél az iskoláról. Zárkózott. Mintha egy külön világban élne, a saját rendszere szerint.

Azt beszéltük meg a tanító nénivel, hogy mindketten kiemelten figyeljük a gyereket. Képet szerettünk volna alkotni arról, hogy ez a viselkedés miért van. Jó, vagy kezelésre szorul és jobb lesz, ha pszichológushoz visszük, mielőtt baj nem lesz. Hiába küldtem Mariannt: - Menj, játssz egy kicsit a gyerekekkel a játszótéren. Ő nem akarta. Csúszott egyet-kettőt a csúszdán, hintázott, aztán kérte, hogy menjünk haza. Nem voltak barátai sem az iskolában, sem a környezetünkben. Ő mindig elvonult a szobájába, és ott foglalatoskodott. Vettem neki munkafüzeteket matekból, magyarból, azokat töltögette. Aztán kutyákról szóló könyveket kért. Előbb vettünk neki, pillanatok alatt kiolvasta, aztán a könyvtárból kölcsönöztünk. Rengeteg könyvet elolvasott a kutyákról.

-Úgy döntöttünk a férjemmel, hogy a születésnapjára meglepjük egy kiskutyával. Mindig a labrador-retrieverek voltak a kedvencei. Kerestünk egy tenyésztőt, és elvittük hozzá, kilenc 7 hetes kölyök volt, amiből választhatott. Olyan szeretettel simogatta a kiskutyákat, és szinte sugárzott az örömtől, hogy szinte megható volt. Kiválasztott egy kissé esetlen, de szeretetre méltó zsömleszínű kiskutyát. Hazavittük. A mi gyerekünk szinte szemmel láthatóan kinyílt. Maximálisan ellátta a kiskutyát. Sokszor hallottuk, hogy úgy beszélgetett vele, mint egy emberrel. Ami szívbemarkoló volt. Egyik este Mariann a kertben a hintaágyon ült, ölében a kutyával. Hívni akartam vacsorázni, amikor hallottam, hogy beszél a kutyához. Megálltam, és hallgatózni kezdtem. Mariann úgy beszélgetett a kutyával, ahogy én szerettem volna, ha ezt velünk teszi. Mesélt neki az iskoláról, az aznapi eseményekről. Elmondta, hogy neki mi erről a véleménye.

A könny kicsordult a szememből. Miért nem fogad minket, a szüleit a bizalmába? Miért nem nekünk mondja el ezeket? Mit csináltunk rosszul? Elfogadtuk kiskorától azt, amit ő akart. Mit kellett volna tennünk? Így teltek el az iskolás évek. Jeles bizonyítvány, és egy zárkózott gyerek, aki kutyával beszéli meg azt, amit velünk, szülőkkel kellett volna.

Elmentünk a férjemmel a pszichológushoz. Kértem, jöjjön ő is velem, hogy hallja, amit mond a szakember.

Mit tegyünk, mit változtassunk meg? Az egyórás beszélgetésből azt szűrtük le a férjemmel, hogy próbáljunk meg közös programokat szervezni, ahol együtt élünk meg a dolgokat, és ez segíteni fog. Kezdeményezzünk beszélgetéseket….Szóval eredménytelen volt az egész, magunk is ezekkel próbálkoztunk, holott nem vagyunk pszichológusok. Teltek az évek. Belenyugodtunk a helyzetbe, már amennyire lehetett. A középiskola után jött az egyetem. Igyekeztünk az anyagiakat előteremteni, hogy mindent tudjunk finanszírozni. Az egyetemre simán bejutott Mariann a tanulmányi eredményei alapján. Most már több mindent, meg tudtunk beszélni, de a bensőséges gyerek-szülő kapcsolat hiányzott. Akár hogy akartuk, nem sikerült kialakítani. Egyik este feltettem a kérdést a lányuknak. Mi az oka annak, hogy nem beszél az érzéseiről nekünk? Miért nem kapjuk meg a bizalmat? Azt a választ kaptam, hogy ő érzi, hogy mi többet szeretnénk annál, amit ő nyújt nekünk, de ő erre képes, és higgyük el, hogy nagyon szeret minket, és tudja, hogy mennyi áldozatot vállaltunk, hogy őt felneveljük, és mindent megadjunk neki. Ezzel a beszélgetést lezárta, felállt az asztaltól, és elkezdte leszedni az asztalt, bepakolni a mosogatóba, és így tovább.

Éjszaka, amikor lefeküdtünk, hosszasan beszéltünk Ottóval erről. A végén azt szögeztük le, hogy vannak családok, ahol a gyerek csavarog, rákap az italra, vagy a kábítószerre, ők ezzel küzdenek. Örüljünk neki, hogy nem ebben a helyzetben vagyunk. Fogadjuk el így. Ha elmondjuk valakinek, hülyének tartanak bennünket, hogy van egy lányunk, kimagasló eredménnyel végzi az iskoláit. Nem csavarog, nem iszik, nem kábítószerezik, nem él kicsapongó életet, nem fiúzik. Semmi kivetnivalót nem tesz. Egyedül, három lépés távolságot tart a szüleivel, és a maga külön világát éli, amiben nem találtunk eddig semmi kivetnivalót.

Másodéves egyetemista volt – kezdte Ilike. Majd megállt....

- Tartsunk, egy kis szünetet – mondta, mert ez fontos, s egyben a legnehezebb szakasza az életünknek.

-Kérnénk egy-egy süteményt – szóltunk a pincérnőnek. Aztán fagylalt és kávé is lett belőle. Eltelt egy óra, amit a finomságok elfogyasztásával töltöttünk, végül Ilike folytatta a mondandóját.

-Lehet, hogy nem hiszem el, de nem élték úgy meg a férjével a gyermekük hibátlanságát, mint örömöt, inkább ez a túlzott, minden, a nagykönyvben megírtak szerint történő dolgot, félelemmel, aggódással fogadták, és mindig valami rossz következtétől rettegtek.

Jobb lett volna, ha úgy, mint más gyerekek őt is terelgetni kellett volna a jó útra, ha le-letéved róla. Ez sajnos nem adatott meg.

Másodéves egyetemista lett. Egyik nap azt közölte velünk, hogy ő átiratkozik egy másik egyetemre, és el akar költözni albérletbe. Tudunk-e ebben segíteni. Megkérdeztük a döntése okát. Semmitmondó választ kaptunk, amiből nem derült ki a valóság. Ekkor a férjem felszívta magát, és ami a szívén az a száján, mindent kiadott magából, ami a lelkét nyomta. Ezt a nem természetes viselkedését. Magyarázatot kért. Közel 20 éves fiatal már képes felmérni azt, hogy mi zajlik körülötte, látnia kell a környezete viselkedését, és azt is, hogy ehhez viszonyítva az övé ettől eltér. Kimondta a férjem, hogy önzőnek tartja a lányunkat. A saját feje után megy, mi csak arra kellünk neki, hogy egy anyagi biztonságot nyújtsunk, és ezért cserébe még annyit sem érdemlünk, hogy beavasson bennünket abba, hogy mi az elképzelése, mit szeretne.

-Úgy sem értenétek meg! – üvöltötte Mariann.

-Ha nem mondod, biztosan nem! – kiabálta vissza a férjem.

-Nem tartasz bennünket annyira értelmesnek?

-Hülyék vagyunk anyáddal?

Mariann berohant a szobájába, és bevágta maga mögött az ajtót. Szörnyű éjszakánk volt. A férjem önmagában kereste a hibát, amiért így kirohant, és nem türtőztette magát. Mellé álltam, és azt mondtam, ez rég lógott már a levegőben, és idő kérdése volt csak, hogy mikor hangzik el. Azt mondtam a férjemnek, semmi rosszat nem tett. Ideje volt végre kimondani a mi véleményünket is, és örülök neki, hogy megtette, mert ezt én is rég szerettem volna, csak nem volt hozzá bátorságom. A férjem ezek után kissé megnyugodott. Azt, hogy mi következik ezután, aggódva vártuk. Másnap, amíg mi dolgozni voltunk, Mariann összeszedte a ruháit és elköltözött. Nem hagyott egy sort sem. Nem szólt egy szót sem. Este, amikor már otthon kellett volna lennie, de nem volt, akkor mentem fel a szobájába, és a szekrényét kinyitva vált egyértelművé minden: itt hagyott minket, minden szó nélkül. Újabb gyötrelmes éjszaka várt ránk. Elhatároztuk, hogy éljük az életünket, és megvárjuk, amíg keres bennünket a lányunk. Persze a valóság nem ez volt, én egy hónap alatt 10 kg-ot fogytam. A férjem el kezdett nyugtatókat enni. Két hónap telt el, amikor egyik este csengettek.

Az ajtóban egy magas, szőkéshajú fiatalember állt. Illedelmesen bemutatkozott, és közölte velünk, hogy Mariann könyveit, és egy-két holmiját szeretné elvinni. Nagyon szimpatikusan viselkedett, leültettük, megkínáltuk egy kis üdítővel és szóba elegyedtünk vele.

Tőle tudtuk meg, hogy három hónapja ismeri a lányunkat, és hogy összeköltöztek. Neki a szülei vettek egy új lakást. Ő már dolgozik, és az egyetemen utolsó éves, de azt levelezőn végzi. Imádja a lányunkat, ő az első nő az életében, és nagyon, nagyon szereti.

A lányunk átiratkozott abba a városba, ahol ő él, és ott folytatja a tanulmányait. Azt mondta a fiatalember, hogy ő is szerette volna, ha rendeződik Mariann és az apja közötti viszony, de nem akar hallani sem róla. Ezért küldte őt a lányunk, mert nem akar találkozni velünk. El szeretné vinni azt, amit Mariann a listára felírt. Ledöbbentünk, mintha fejbe vágtak volna bennünket. Így intézi a gyerekünk? Ezt érdemeljük? Összeszedni segítettem a felírt dolgokat a lányunk szobájában. Közben megkérdeztem, hogy rám miért haragszik, hiszen az apjával vesztek össze. Erre nem tudott választ adni a fiatalember. Megkértem, hogy engedje meg, hogy időközönként felhívjam, hogy tudjunk valamit róluk. Készségesen beleegyezett. Egy év telt el, a lányunk nem keresett minket, egyetlen egyszer sem.

Néha megcsörgetem Matyit, a barátját, tőle érdeklődök, hogy vannak? Nem szorulnak-e segítségre? Így telik egyik hónap a másik után. Nehéz ezt így elfogadnunk, de nem tehetünk mást. Nem merem arra kérni a fiatalembert, hogy valahol hozzon össze bennünket. Rendezzük végre a kapcsolatunkat. Lehet, hogy ez nem helyes?

- Ilike megáll, iszik egy kicsit, aztán folytatja.

Most újabb fordulat következett be. Csörgött a telefon, és Matyi édesapja volt. Nagyon meglepődtem, soha nem beszéltünk még vele. Meghívott minket vasárnapra, egy ebédre hozzájuk, azt mondta, erről nem tudnak a fiatalok, de szeretnének velünk beszélni. Mást nem mondott. Megígértem, hogy ott leszünk. A férjem előbb rosszallóan fogadta, de aztán azt mondtuk, mi az, ami ennél a helyzetnél rosszabb lehet. Így eleget téve a meghívásnak, elmentünk.

A Matyi szüleitől tudtuk meg, hogy két évre Amerikába kapott állást a fiúk, és úgy döntött a két fiatal, hogy együtt mennek ki, és ezért összeházasodnak. Az esküvő két hét múlva lesz. Alig kaptunk levegőt.

Matyi szülei rendes emberek. Amikor elkezdtünk beszélgetni, és őszintén elmondtuk, hogy semmi bajunk soha nem volt a lányunkkal. Elmondtuk az összeveszést. Ők is értetlenül álltak, hogy miért így történtek a dolgok. Ők is úgy látják és tapasztalják, hogy a mi lányunk nem közeledik hozzájuk, csak a legszükségesebbeket közli velük. Sokszor, amikor Matyi hazajön, nem jön vele, mindig valami kifogást keres. Nem tudták ezt, hova tenni, mivel összehasonlítási alapjuk is van, a Matyi öccse, már 6 éve jár egy lánnyal, hol náluk, hol a lány szüleinél vannak, de a kislány közvetlen, segítőkész, barátságos. Szinte lányukként szeretik. Teljesen beilleszkedett a családba. Ezzel szemben Mariann távolságtartó, kerüli az együttlétet velük.

A családot megismerve legalább ennyit tudunk, hogy rendes emberek között él a lányunk.

Mit tegyünk? – merült fel a kérdés.

Esküvő, amit velünk nem tudatott a lányunk, Amerika, 2 év? Hogyan gondolja ő ezt? Nem is foglalkozik velünk? Képes lenne egy más országba elköltözni úgy, hogy mi erről semmit nem tudunk? Összeházasodna a tudtunk nélkül?

Kikértük a szülők véleményét, hogy ők mit tennének a helyünkben. Mi teljesen tanácstalanok vagyunk. Hogy lehetne a helyzetet kedvezően megoldani. Sajnos ők sem mertek, vagy nem tudtak, vagy nem akartak olyan ötletet adni, ami a helyzetet megoldaná.

Most kedd van. Még 12 nap van az esküvőig, és a szülőkön kívül senki sem, szólt egy szót sem nekünk.

Ilike megkérdezte, én mit tennék az ő helyében?

Mit lehet erre mondani? Milyen tanácsot lehet adni? Időt kértem. Két napot, hogy elgondolkodjak a dolgokon, és átgondolt tanácsot tudjak adni. Megbeszéltük, hogy 2 nap múlva újra leülünk beszélgetni.

Ilike csörgött másnap este, már épp lefekvéshez készültünk. Fontos lehet, gondoltam, mert ilyen későn nem illik senkit háborgatni.

Képzeld – kezdte szinte mindenről megfeledkezve – köszönés, elnézéskérés a késői zavarásért…most mentek el a lányomék, eljöttek meghívni az esküvőre. Egész más a lányunk, mesélt az amerikai útról is. Szóval jó úton járunk. Lemondta a találkozót, velem, mert készült az esküvőre. Úgy beszéltük meg, hogy az esemény után keressük egymást, és beszélünk.

Beírtam a naptáramba, hogy mikor keresem. Telt az idő. Ránézek a naptárra.

-Na, holnap lesz Mariann esküvője – mondtam a férjemnek.

- Fúrcsáltam, amikor délelőtt Ilike hívott.

-Nem zavarlak? Ha, este rá érsz, összeülhetünk.

-Nem készülsz az esküvőre? – kérdeztem meglepetten.

- Elmarad – válaszolta, de a hangja annyira nem volt szomorú.

Nagyon kíváncsi voltam a részletekre. Pontosan érkeztem, és türelmetlenül vártam őt.

Amikor megjött, rendeltünk egy-egy fagyit és elkezdtünk beszélgetni.

- Képzeld el – kezdte Ilike. Lány- és legénybúcsút tartottak a fiatalok, Matyi kicsit ivott, és megtapizott egy rúdtáncos lányt. Ezt elmesélte Mariannak. Úgy összevesztek rajta, hogy visszavonták az esküvőt. Reggel telefonált a lányunk, hogy az apja menjen már érte, mert hazaköltözik. Nem akartunk hinni a fülünknek. A férjem szerint Mariann sokat változott. Útközben elmondta részletesen, hogy mi volt a gond. Megszégyenítőnek tartotta Matyi viselkedését. Ezért azt kérte tőle, hogy a barátai előtt kérjen bocsánatot, amiért ezt tette. Matyi ezt nem akarta, ezért a lányunk választás elé állította. Nyilvános bocsánatkérés, vagy ő elköltözik. Matyi a költözés mellett döntött.

Szóval ez történt.

- Érzékelnie kellett volna a lányotoknak, hogy az a szegény fiú őszintén elmondta, ami történt a legénybúcsún. Nem eltitkolta. Ezek a bulik erről szólnak. Sőt másról is. Micsoda helyzet. Elég furán reagálta le a lányotok – mondtam.

- Én is egyetértek ezzel, de ez nekünk nem gond. Annak örülünk, hogy újra velünk van, és reméljük, rendeződik a kapcsolatunk.

- Matyival, beszéltél? – kérdeztem.

- Igen, felhívtam. Roppant illedelmes volt. Azt mondta: „Tetszik tudni, korábban is voltak problémáink. Nem szeretnék panaszkodni, de Mariann nem szeret dolgozni. A házi munkára gondolok. Semmit nem csinált idehaza, csak tanult. Munka mellett én mostam, főztem, és takarítottam. Amerika miatt jött az esküvő ötlete…

Lehet, hogy így jobb mindkettőnknek. Majd az idő mindent eldönt.

-Nem igazán tudtam erre, mit mondani. Ezért költözött el tőlünk is, mert az apja ezt is szóvá tette. Nyilván ezt nem mondtam Matyinak.

-Nem tudom, mi lesz a folytatás. Egyelőre meglátjuk, hogyan tovább.

Beszélgettünk még más dolgokról, aztán elbúcsúztunk. Kívánom Ilikének, hogy jöjjön el az az idő, amikor örömüket találják a lányukban. Megérdemelnék.

Ágota 25 éves múlt

Egyik bevásárló központban egy ismerős arc tűnt fel. Marikát legalább 10 éve nem láttam. Kissé elhízott, de arányos maradt a test alkata. Arcán egy ránc sem található. Egykorúak vagyunk. Mégis ő 10 évvel fiatalabbnak, én 10-zel öregebbnek nézek ki, futott át az agyamon, miközben ráköszöntem. Ugyanolyan kedves és közvetlen, mint amilyennek megismertem. Egyikünk sem sietett, így leültünk egy kávéra, hogy váltsunk egy pár szót. Meglepett, amikor elmesélte, hogy elvált az első férjétől, mert rettentően el kezdett inni. Amúgy sem volt valami fényes a kapcsolatuk, eléggé kicsapongó életet élt. Elnézte neki, mert ott volt a két gyerek, de ez már sok volt. Nem tűrt neki tovább. Egy év sem telt el, és megismerkedett egy nála 15 évvel, idősebb férfivel. Ő látogatóba jött haza Magyarországra, mert már több mint 20 éve külföldön élt. Annyira összemelegedtek, hogy felajánlotta Marikának, hogy menjen el vele Ausztráliába. Joe-nak nem volt családja, így időközönként a rokonságot látogatta meg., amikor megismerkedtek. Álmában sem gondolta, hogy egy magyar nőbe ennyire megtalálja álmai asszonyát, aki házias, jól főz. Nem él erkölcstelen életet, hűséges típus.

-Nagyon gondolkodóba estem. Úgy éreztem, ez egy olyan lehetőség, ami egyszer adatik meg az ember életében. Joe udvarias, kedves, nincs káros szenvedélye, és ami a legfontosabb, nagyon szeret engem – mondta Marika.

-Te is beleszerettél? – kérdeztem.

-Nagyon szimpatikus volt, jó volt vele minden eltöltött nap. Olyan természetesen viselkedtünk egymással, mintha 20 éves házasok lennénk. Nem engedtem az érzéseimet eluralkodni, mert a fiam 22 éves a lányom 20 volt. Hogy hagyjam itt őket. Ausztráliából nem tudom úgy követni az életüket, mint idehaza. Mi lenne velük?

-Aztán úgy döntöttem, megbeszélem a gyerekekkel, mi játszódik le bennem. Sokszor átgondoltam, mit mondjak. Nem szerettem volna, ha úgy érzik, hogy nem foglalkozok velük, csak magammal. Elmondtam Joe-nak, hogy beszélek a gyerekeimmel. Meglepett, mikor azt mondta: Ajánld fel, hogy költözzenek ki ők is. Segítek elhelyezkedni, és a keresetükből majd visszafizetik a repülőjegy árát. A lakás is megoldható, a barátom egy évig Amerikában van, én vigyázok mindenére. Átvállalhatnák, besegíthetnének, és amíg meg nem ismerjük egymást, lehetőségük lenne külön élni tőlünk. Később eldől, hogyan tovább. Nagyon megköszöntem ezt a nagylelkű felajánlást. Ezzel a lehetőséggel a tarsolyomban könnyebb. A döntés az ő kezükbe kerül. Ez egy nagy lehetőség, új irányt adhat az életünknek.

Főztem egy finom vacsit, és vártam haza a gyerekeket. Közben szüntelenül azon forgott az agyam, hogyan mondjam el a dolgokat. Legalább hússzor elkezdtem magamban. Gyerekek, komoly dologról szeretnék beszélni veletek... Nem kell azonnal döntenetek... és így tovább. Nyugtalan voltam, izgatott. Háromszobás panelünket legalább ötször körbejártam, mire csörrent a zár. Végre megérkeztek.

A fiam munka után egyből hozza haza a húgát a táncóráról, minden szerdán. Máskor eltérő időben jönnek haza. Ezért választottam ezt a napot.

-Anya, mi van veled, olyan izgatottnak látszol? – kérdezte a fiam.

- Fontos dologról szeretnék veletek beszélni. Öltözzetek át, aztán vacsi közben folytatom. A lányom kérdően, kicsit értetlenül nézett rám, de nem szólt semmit.

Ültünk az asztalnál, és én elkezdtem a mondókámat. Egyikőjük sem szólt közbe, végighallgattak. Az arcuk nem árult el semmit a véleményükről, hiába figyeltem minden rezzenésüket.

A fiam, mint rangidős szólalt meg először.

-Tudod anya, amikor beszéltél Joe-ról, érezhető volt, hogy sokat jelent neked. Nem ér váratlanul ez a beszélgetés. Hugit is felkészítettem erre. Mindketten láttuk, hogy kivirultál, boldog és kiegyensúlyozott vagy, mióta vele megismerkedtél. Drukkoltunk neked, hogy ez a kapcsolat komoly legyen. Megérdemelnél egy hűséges, szerető társat. 42 éves vagy még, nagyon fiatal. Egy percig sem vártuk el tőled, hogy egyedül éld le az életedet. Tudtuk, hogy Joe hol él. Nem volt meglepő az sem, hogy magával akar vinni. Persze csak akkor adunk, ha megesküszik rá, hogy vigyáz rád, és boldoggá tesz – viccelődött a fiam. Ezt mindenképp el fogom neki mondani – tette még hozzá. Arra nem számítottunk, hogy mi is mehetünk, ha akarunk. Hugival már elgondoltuk, hogy élünk ketten együtt itt. Képzeld, már egy-két szabályt is hoztunk a békés együttélés érdekében.

Ezt az új lehetőséget még át kell beszélnünk.

Hogy látod tesókám? – kérdezte a fiam a lányomtól.

- Menjünk, vagy maradjunk?

-Nekem itt a főiskola, a barátaim, én szívesebben maradnék, még akkor is, ha nagyon fog anya hiányozni. Majd skype-olunk. Oké anya? – kérdezte, és ekkor sírva fakadt.

Megrendültem. Nem hagyom itt őket, ennél nekem fontosabbak – futott át az agyamon

Egy kis önállóság nem árt, én vigyázok hugira – nyugodtan menj el anya. Én nem szívesen adnám fel az állásomat. Itt a barátnőm. Őt sem szeretném itt hagyni. Később, semmit nem lehet tudni, lehet, hogy élünk a lehetőséggel, de most maradunk. Ne legyen lelkiismeret-furdalásod. Felnőttünk. Én már arra is gondoltam, hogy összeköltözöm a barátnőmmel. Mindenki éli lassan a saját életét. Huginak meg, amíg eljön az igazi, minden link, semmirekellő pasiját, páros lábbal rúgok ki.

-Már ilyen töröd az agyad? – kérdezte a lányom.

-Anya, parancsolj rá! – kérte hugi, hogy elég komoly vagyok ahhoz, hogy saját döntésem legyen, és ne szóljon mindenbe bele.

-Tessék, már veszekedtek, hogy menjek el nyugodtan?

-Ez nem komoly – mondták egyszerre mindketten. Ez ne befolyásoljon téged semmiben anya.

Ágota felment a szobájába, és a fiammal folytattam a beszélgetést tovább.

-Vigyázok rá. Nem kerül rossz társaságba, abban biztos lehetsz – mondta nekem. Nyugodtan menj el, ha nem jön össze, akkor sem veszítesz semmit. A lakás itt van. Bármikor hazajöhetsz. Legyen nálad egy repülőjegyre való dollár, és ha gond van, ülj fel az első járatra és gyere haza! Itt minden rendben lesz, legyél nyugodt.

Másnap találkoztam Joe-val, és dióhéjban elmondtam a gyerekeim döntését. Érezhető volt rajta, hogy egy kő esett le a szívéről. Félt, hogy nem merek elszakadni tőlük, és inkább befejezem bimbózó kapcsolatunkat, mint hogy, itt hagyjam őket. Megbeszéltük az indulás időpontját. Minden napunkat együtt töltöttük. Intéztük az én kijutásomhoz szükséges dolgokat. Egy egyszerű kis templomban házasodtunk össze. A polgári esküvőt segítséggel oldottuk meg, hogy ne kelljen kivárni a megszabott időt. Egyszerűen, de nagyszerűen intéztünk mindent. Esténként a gyerekeimmel beszélgettünk, elmondtam az aznapi dolgokat.

- Szép pár vagytok anya – mondta egyszer Ágota. Jó nézni, milyen szeretettel vesz körül Joe. Remélem, sikerül az életetek.

Aztán eljött az indulás napja. Vágytam is, meg nem is. Vonzott az új élet, de féltem tőle. A gyerekek kikísértek a reptérre. Fájó volt a búcsú és nagyon nehéz. Többször rám tört a sírás, és nem tudtam uralkodni magamon. Sírtam, potyogtak a nagy könnycseppek. Joe átkarolt, és nem szólt semmit. Átérezte, milyen nehéz ez most nekem. Új életet kezdek, nagyon távol az otthonomtól. Hosszú volt a repülőút. Volt időm gondolkodni. Jól döntöttem-e?

Amikor megérkeztünk, alig néztem szét az új otthonomban, a gyerekeimmel akartam beszélni. Joe előkészítette, hogy skype-oljunk. Amikor láttam őket és hallottam a hangjukat, megnyugodtam.

-Tudod, lehet, hogy hihetetlen, de nagyon jó életem lett. Nyugodt, kiegyensúlyozott. Nagy szeretetben élek a férjemmel. Egy hónapja jöttünk haza a gyerekekhez. A lányom férjhez megy. Az esküvő után megyünk újra vissza Ausztráliába.

-Elmesélem Ágotának, hogy beszéltünk, és ha akar veled beszélgetni, felhívlak. Ígérd meg, hogy küldesz egy példányt a könyvből, megadom a címemet. Kíváncsi vagyok, Ágota mit mesél. Megtudok-e valami újat, ami eddig rejtve maradt előttem.

-Elbúcsúztunk. Otthon elmeséltem a férjemnek Marika történetét, mert ő is ismerte. Milyen kiszámíthatatlan az élet szögeztük le a végén.

Talán 5 hónap telhetett el, amikor csörgött a telefonom. Már megfeledkeztem Marikáról. Sokan ígérték már, hogy hívnak, és semmi nem lett belőle. Velük kapcsolatban sem gondoltam, hogy megírható történetet hallok. Tévedtem. A vonal túlsó végén kedves, fiatal lány hangja csengett. Amikor bemutatkozott, elnézést kért, hogy az édesanyja nem hívott, de az esküvő és az azzal járó teendők teljesen lefoglalták őket. Nem rég jöttek haza nászútról. Egy hónapot töltöttek Ausztráliában, ami csodálatosra sikerült. Édesanyja és mostohaapja gyönyörű helyekre vitte el. Élményekkel teli programmal lepték meg őket.

Aztán megbeszéltünk egy időpontot, amikor találkozunk. Erre nem számítottam, teljesen feldobott. Kíváncsi lettem, hogyan élte meg ez a fiatal lány a szülei válását, anyja külföldre költözését. Alig vártam a találkozót.

Egy nagyon kedves, csinos, kreol barna lány állt előttem. A tengeri szél gyönyörű színt adott a bőrének. Ápolt és jólöltözött volt. Látszott rajta, hogy sugárzik a boldogságtól.

Előbb csak ismerkedtünk, elmondtam, honnan ismerem az édesanyját, hogy futottunk össze. Aztán elkezdődött a komoly beszélgetés.

Sajnos a szüleim bármennyire igyekeztek titkolni, érezhető volt, hogy nagy a feszültség közöttük. Sokszor hallatszott ki szobájukból visszafojtott veszekedés. Mindig izzott a levegő körülöttük. Nem szívesen hívtam a barátaimat hozzánk. Nem érezték jól magukat nálunk. Anya próbálkozott megfelelni. Kedves volt a barátaimmal. Tudom, azt szerette volna, ha otthon vagyunk, szem előtt, és látja, mit csinálunk, mint kamaszok. Sütött, főzött, de apa sokszor részegen jött haza., és mindent elrontott. Kötekedett a barátaimmal, be-beszólt nekik. Egyik alkalommal olyan ittas volt, hogy melléült a széknek. Persze a barátnőim előtt. Láttam, alig bírták a nevetést visszafojtani. Elkezdett üvölteni. A tesóm akkor jött haza, felsegítette. Apa erre képen vágta. Szegény egy szót sem szólt a köszönésen kívül. Nem tudom, miért kapta. Szerintem apa sem tudta, hogy mit tesz. Abból gondolom, hogy másnap, amikor kijózanodott, anya számon kérte, hogy miért bántotta a tesómat. Nem is emlékezett rá. Bocsánatot kért a bátyámtól. Ezzel nem lehet meg nem történté tenni, leégette őt, ráadásul a lányok előtt. A barátnőim egyből elmentek. A bátyám szégyellte magát előttük, így bezárkózott a szobájába. Kata barátnőm szimpatikus volt neki, ezért még kellemetlenebbül érezte magát.

Azóta összejöttek, és a mai napig együtt vannak.

Amikor anya azt mondta, nem tűr tovább apának, és elválnak, szó nélkül elfogadtuk. Hallottuk, hányszor kérte anya, ne igyon, menjen elvonóra, mellette áll, segít neki, csak fejezze be az ivást, mert nem ura önmagának, ha alkoholt fogyaszt. Apa mindent megígért, és minden maradt úgy, ahogy volt, nem tett semmit. Az i-re a pontot, az, tette fel, amikor egy alkoholos alkalommal apa neki esett az asztalnak, amin ott volt a forró leves, feltálalva. Az asztalnál ültünk és a kezemre ömlött. A kézfejem teljesen összeégett. Szerencsére anya egyből elkezdte hűteni, aztán Först-tel kezelte. Így ma már semmi nem látszik rajta. Visszatérve a történtekhez, anya idegességében elkezdett kiabálni apával, és ő ezért, pofon vágta. Letört elől egy foga.

Ezek után váltak el a szüleim. Ez egy nehéz időszak volt mindannyiunknak. Nagyon sajnáltam apát, pedig sokszor haragudtam rá. Amikor láttam az összecsomagolt bőröndöket útra készen, elsírtam magam. Arra gondoltam: mi lesz vele? Lesüllyed az alkohol miatt – de szerencsére nem ez történt. Abba hagyta az ivást. Rendesen dolgozik. Van egy élettársa. Nem értem, miért nem tette meg ezt akkor, amikor együtt volt a családunk?

Elég ritkán találkozunk. Éljük az életünket. Mindig visszatérő kérdésként van bennem:

Miért nem tette ezt akkor, amikor kértük? Miért nem fejezte be akkor az ivást? Lehet, egyszer megkérdezem tőle.

-A bátyád? – kérdeztem. Ő albérletbe költözött a barátnőmmel. Jól megvannak. Londonban is töltöttek 2 évet. Jól kerestek. Most családi házat építenek. Tervezik az esküvőt, a családalapítást.

-Anyukáddal éltél a válás után? – kérdeztem.

-Igen. Tejes egyetértésben. Nem mondom néha, amikor megszabta, meddig lehetek buliba, vagy megtiltotta, hogy máshol aludjak, volt köztünk egy kis csörte, de nem volt nagy jelentősége.

Ezeket leszámítva, nyugodt, kiegyensúlyozott életet éltünk.

Így teltek a hónapok. Az iskola fontos volt, rengeteget tanultam. Sportoltam. Bulizni jártam a barátnőimmel, persze csak szolidan.

Egy év telt így el, amikor jött Joe. Anya megszerette, és nehezen, de kiköltözött hozzá Ausztráliába. Örültem annak, hogy anya boldog lesz, de féltem attól, hogy mi lesz velünk nélküle. Nagyon hiányzott.

A skype – sokat segített. Eleinte sűrűn, aztán hetente egyszer beszéltünk.

A bátyámmal nagyon jó a kapcsolatom. Akkor sokat segített nekem. Mindig számíthattam rá, ez a mai napig nem változott. A barátnőmmel él együtt, így ketten vannak, akikre számíthatok, a férjem után. Őt egy éve ismertem meg. Egy hónap után éreztem, hogy ő az igazi. Mondtam is a bátyámnak. Ő is rendes embernek tartotta. Semmi kifogása nem volt az ellen, hogy együtt járjunk. Aztán a szerelmünk a házassághoz vezetett. Imádjuk egymást. Remélem, ez soha nem múlik el. Kérdeztem anyát, hogy ők is imádták egymást? Igen volt a válasz.

Mi soha nem juthatunk oda, ahova anyáék. Legalábbis azt szeretném.

-Ha egy kapcsolat tönkremegy, azt mondják, mindkét fél hibája – mondtam. Ő bólogatott, egyetértését így fejezte ki. Aztán pár percig csendben voltunk. Mindketten gondolatainkba merültünk. Én azon gondolkodtam, hogy este el kezdem a történetet megírni. A férjem azt ígérte, hogy összedob valami vacsit. Így nyugodtan dolgozhatok.

Ágota szólalt meg először. Anyáék életére gondoltam, mi lehetett anya hibája? Apánál tudom, hogy egyszer-egyszer megcsalta anyát. Vajon mi erre a magyarázat, miért tette? Megbeszélték vajon, miért nem volt anya elég neki? Kíváncsi lennék rá. Aztán az ivás. Miért kezdett el inni? Lehet, hogy sokat tanulnék abból, ha a miértekre tudnám a választ, az őszinte választ.

Lehet, hogy nincs értelme a múltat feszegetni. Nem is tudom mi a helyes?

Anya boldog kapcsolatban él, igaz Ausztráliában. Apának élettársa van, jól megvannak. Én meg megpróbálom a férjemmel a legjobban élni az életemet. Egymás megbecsülése szerintem a legfontosabb. Figyelni a másikra, annak minden rezdülésére. A konfliktus-helyzetekben is nem engedni az indulatoknak, hogy övön aluli ütést soha nem kapjon a másik, ami megbocsájthatatlan és örök tüskeként maradhat meg. Erről már a házasság előtt is beszéltünk a férjemmel.

Elcsendesedett. Éreztem, hogy befejezte a mondandóját. Megköszöntem, hogy időt szánt rám, és őszintén beszélt az érzéseiről.

- Kívánom neked, hogy sikerüljön, mindaz, amit szeretnél, és pár év múlva egy boldog anyukaként lássalak téged, aki csupa jó dolgokról mesél nekem, fejeztem be a beszélgetést.

Utószó

Nagyon sok fiatallal, szülővel beszélgettem, több-kevesebb sikerrel. 17 történetet választottam ki, amelyek úgy gondolom, elindíthatnak egy-egy gondolatot az olvasóban. Szeretném, ha segítséget nyújtanának ezek a történetek. Aki hasonló dolgokra az olvasottak miatt felfigyel. Nem siklik el felette. Lehetősége van minél előbb a megoldást megtalálni, amivel elkerülhet akár tragikus kimenetelű dolgokat. Már segítettem, és ez volt a célom.

Köszönöm azoknak az embereknek a lehetőséget, akik elmondták életük egy-egy szakaszát, néha fájó sebeket feltépve, azért, hogy mások okuljanak belőle, és ne éljék át azt, ami megkeserítette az ő életüket.

www.ingramcontent.com/pod-product-compliance
Lightning Source LLC
Chambersburg PA
CBHW050409030726
47503CB00006B/2099